Oliver Brown: El escape y la mordida

Confirmo_This_Is_Yo

DEDICATORIA

No soy alguien de una vida interesante, respecto a dedicatorias…
¿Gracias a los creadores de anime que fue un impulso
para publicar mi novela?

AGRADECIMIENTOS

Pues, aunque no creo que lo vean, gracias a Barby por las
ilustraciones y a la editorial Hanne por la correcion del
texto.

CAPÍTULO UNO

Primera parte

—Vamos Janna, ya estamos cerca… — Susurra la joven de veinticuatro años, de cabello y ojos café y tez blanca, hermana mayor de la adolescente nombrada.

—Sí… —Se limita a responder en voz baja la adolescente de dieciséis años de iguales características que su hermana, mientras mira con nostalgia el lugar.

Caminan ligeramente agachadas para cubrirse con los restos de lo que solían ser paredes de casas y edificios pero ahora solo quedan vestigios, recuerdos de lo que era una civilización en la que miles de personas vivían en paz. El cielo hace mucho que perdió su amable color celeste y sus nubes blancas, ahora todo eso ha cambiado a un rojo sangre y ceniza que deja en claro el apocalipsis de la humanidad.

«Pensar que en esta calle solía jugar con mis amigos cuando era niña…» Dice Janna en su mente, con tristeza al recordar los momentos felices antes de que ÉL y su ejército invadieran el lugar y comenzaran a matar a diestra y siniestra, sin importar género, edad o raza. Los únicos que no eran asesinados eran aquellos que lo ayudaron a entrar para comenzar con su reinado del terror o los débiles que sucumbían ante la oscuridad y dejaban que sus almas se corrompieran, dejando de ser humanos…

—¿Estás bien? —Interrumpe sus pensamientos la mayor de las dos, al notar que la joven Janna había dejado escapar una lágrima.

—No lo sé, tú dímelo… ÉL mató a nuestros padres, a nuestros amigos y conocidos. Lo hizo sin piedad y de las maneras más crueles que pueden existir. Lo hizo frente a nuestros ojos y ni siquiera con nuestras fuerzas juntas lo pudimos detener, ahora dime Johanna, ¿Crees que estoy bien?

Dejando que sus emociones se desborden, la niña grita sin pensar que pueden ser descubiertas por los demonios y monstruos sedientos por sangre.

—Entiendo tu furia y tristeza... —Contesta Johanna, mermando la velocidad de sus pasos para ponerse al lado de su hermana y mirarla a los ojos, pero sin dejar de caminar.

—Los extraño… —Alcanza a decir antes de romper en llanto ahogado y abrazar con todas sus fuerzas a Johanna.

—Yo también... —Responde, dejando escapar una lágrima —. Por eso hago esto, ellos se sacrificaron para que nosotras pudiéramos escapar y buscar la manera de volver y detener a este monstruo, tenemos que ir a buscar lo que nos encargaron y aniquilar a este animal que los mató, sino su sacrificio será en vano —Retoma la palabra e intenta dar algo de ánimo a su hermana mientras seca las lágrimas de la pequeña.

—Tienes razón… —Responde Janna y suelta una pequeña sonrisa de esperanza.

—¡Claro que la tengo! —Suelta una risa pícara mientras tinquea la nariz de Janna y se frena delante de la puerta de aquel galpón gigantesco —¿Lista?

Su hermana confirma con la cabeza.

Se adentran en aquel lugar silenciosamente, mientras lo analizan con la mirada: un lugar muy amplio, con el techo de chapa oxidado y despedazado por partes por donde se cuela la poca luz que dejan los espacios delgados de las nubes de ceniza que cubren el cielo, las paredes y el suelo igualmente desgastadas por la contaminación del ambiente. El lugar está vacío, a excepción del portal rojo sangre con raíces negras que está incrustado en la pared a unos metros de ellas, el cual tienen que atravesar lo antes posible.

—Lo logramos, Janna…

—Yo no lo creo… —Interrumpe su felicidad una voz detrás de ellas, proveniente de la espesa niebla negra que había comenzado a invadir el lugar sin que se dieran cuenta.

Su cabello es color ceniza al igual que las nubes, sus escleróticas son negras y tanto su iris y pupila son rojo sangre. Su piel es tan pálida como la de un muerto y viste un traje de gala totalmente negro.

—Johanna... ¿Puedes sentirlos?

—Son al menos unos cincuenta parásitos… —Se limita a responder, extendiendo su brazo derecho para hacer aparecer su espada.

"Demonios parásitos" el nombre que se les dio a las pobres personas que fueron asesinadas y convertidas en seres secos hasta los huesos, con hocico y garras de animal, perdieron su juicio propio para quedar a mando del demonio que se apoderó de este mundo.

—¿Es en serio? —Pregunta en tono burlón su adversario —. Sus amigos intentaron detenerme de la misma manera y ni siquiera pudieron hacerme un rasguño ¿Qué las hace creer que ustedes podrán? —Agrega y suelta una risa malévola que hace poner la piel de gallina a las niñas.

—Eres un cobarde, utilizas a tu ejército para que pelee tus batallas, seguro ni siquiera sabes empuñar esa espada que portas —Habla Johanna para provocar al monstruo frente de ellas.

—¡Vaya valor! Haremos algo: ustedes dos contra mí. ¿Qué les parece? —Sonríe.

—¿Y cómo sabemos que tus parásitos no se meterán en el combate?

—Porque si alguno se atreve a meterse lo aniquilo... —Hace aparecer por unos segundos una esfera de energía corrupta alrededor de su mano izquierda.

—Está bien —Se limita a responder y mira a su hermana para que ella también se ponga en posición de combate y le guiña el ojo.

Comienza el combate, los anillos de distintos

elementos que porta Janna comienzan a brillar y hace aparecer alrededor de sus puños esferas de fuego, en cambio Johanna levanta su espada y apunta a ÉL. Se lanzan a atacar, ÉL desenfunda rápidamente su espada y bloquea el golpe de Johanna y con su mano derecha usando energía corrupta manipula el aire para desviar el fuego que Janna lanza. Las muchachas se dividen: Johanna va para la izquierda y se vuelve a acercar a ÉL para atacar, comienzan a chocar metales, chispazos salen de los impactos pero por más que lo intente no logra darle un golpe certero o por lo menos un rasguño, es como si fuera una novata que está peleando contra un experto en esgrima.

—Parece que eres igual de hábil y fuerte que los muertos de tus compañeros —Habla el monstruo, burlándose de la incapacidad de la joven para dañarlo y la empuja unos centímetros lejos de sí.

—Lo sé, pero mi intención no es lastimarte.

La sonrisa de ÉL se comienza a borrar ligeramente al notar que algo faltaba: ¡La mocosa!; de un disparo de plasma empuja a Johanna y fija su mirada en Janna, al hacerlo logra captar que la niña tenía la pequeña bolsa que contenía su mejor arma, la "Virtone Primus"

—¡Mocosa tramposa! —Grita a todo pulmón y hasta la tierra tiembla y cambia su dirección hacia Janna —. ¡Eso es mío!

—¡Era! —Lo interrumpe Johanna, que hace que carga su espada con magia y de un corte de plasma lo hace retroceder unos escasos metros.

—¡Deténgala! —Ordena ÉL y sus sirvientes se largan al ataque.

—¡No lo harán! —Dice Janna y con la presión del aire crea un muro después de lanzarle la piedra semicúbica a su hermana.

Johanna deja la piedra en el piso y con tres golpes certeros de su espada cargada de magia a más no poder logra dividir la piedra en cuatro, pero su arma se destroza en el proceso. Toma los trozos y susurra un conjuro para luego lanzarlos a través del portal.

—¡Ya basta! -Retumba la voz de ÉL y con un movimiento de su mano desarma el muro de Janna, haciendo volar a la adolescente detrás de su hermana.

—Janna, tienes que cruzar el portal...

—¿Pero tú que harás? —. Pregunta con voz temblorosa, temiendo lo peor.

—Un sacrificio…

De repente, un pentagrama de fuego se dibuja abajo de Johanna, una pared de energía roja bloquea el paso de sus atacantes y Janna es encerrada en un domo de energía verde.

—¡No lo hagas, Johanna! —Grita la adolescente, sabiendo lo que sucederá —. ¡No te atrevas!

—Ya sabes cuál es la misión, encontrar a nuestros tú y yo de esa realidad, juntar los trozos de la Virtone Primus y vencer a este desgraciado...

—Me dijiste que lo haríamos juntas… — Habla Janna entre lágrimas.

—Lo siento Janna, pero no hay otra opción, es la única forma en la que te puedo salvar y dar tiempo… —Responde seria y voltea ligeramente —. Oye enana, sabes que te amo hermana, hemos pasado por mucho para llegar a este punto, aunque no pueda estar contigo una parte de mí lo estará, perdón porque ya no te podré proteger, pero sé que podrás lograrlo… confío en ti….

—Por favor… no lo hagas... por favor...— Dice por lo bajo Janna entre llantos y cayendo de rodillas al suelo.

—Convoco a la muerte y vida —Johanna continúa el hechizo haciendo que las llamas del pentagrama se aviven —. Para que me den su energía —Pone su puño derecho frente su hombro izquierdo —. Para entregar mi magia —Hace el movimiento anterior pero esta vez con su puño izquierdo —. A mi Janna querida —Convierte su puño derecho en cuernos —. Para que ella siga en este puente — Repite la acción con su puño izquierdo —. ¡Yo me entrego a la muerte! —Grita y baja sus manos con fuerza a la altura de su cadera para concluir el hechizo.

De repente, la energía se concentra alrededor de Johanna y explota, haciendo volar por los aires el lugar; del impacto, los anillos de Janna se destruyen y la adolescente es impulsada dentro del portal seguida por una pequeña esfera blanca que se une al cuerpo de la adolescente, la cual queda inconsciente.

—¡Maldita estúpida! —Grita ÉL, haciendo un gesto con su mano para correr el polvo que impedía su vista.

Su rostro está quemado, le falta un brazo y su torso esta igual de dañado, mira hacia el portal y visualiza que está desapareciendo.

—¡Tú, crúzalo rápido! —Ordena al sobreviviente de sus parásitos, el cual corre en sus cuatro patas y atraviesa el portal antes de que se cierre.

Segunda parte

La luz leve de un nuevo día de invierno comienza a colarse por la cortina mal cerrada de la ventana; es poca la cantidad que logra escabullirse, pero para los sensibles ojos del joven Oliver Brown es la suficiente para fastidiar y despertarlo.

—Oliver, despierta, vas a llegar tarde a clase —Habla la Madre del muchacho irrumpiendo en la habitación y camina rápido a la ventana para abrir de par en par la cortina de la misma.

Linda Brown tiene cuarenta y tres años de edad, su tez es mestiza, su cabello rubio y sus ojos verde esmeralda.

—¡Mamá! —Se queja y toma la almohada para taparse la cara e intentar dormir un momento más.

Oliver es un adolescente de dieciséis años, su cabello necesita un corte, está todo alborotado y el mismo es color café al igual que sus ojos, su tez es blanca y no es muy lindo que digamos...

—Nada de quejarse, levántate porque es lunes y no quiero que comiences mal el regreso a clases —Le quita la almohada de la cara junto con las sábanas que tiene sobre él a causa de la temporada de invierno.

—¡Mamá, hace frío! —Sigue protestando y se cubre la cara con su brazo derecho mientras se pone en posición fetal.

—Por esa razón, cámbiate de ropa y baja a

desayunar —Contesta ella mientras recoge la ropa sucia que el hijo dejó tirada por el suelo.

—¡Esta bien! —El adolescente se sienta en su cama dando la espalda a la ventana y se queda viendo un zapato a unos centímetros de él.

Volvía a clases, fueron dos semanas de vacaciones de invierno, pero fueron el tiempo suficiente para que perdiera la costumbre de levantarse temprano, sobre todo ya que pasó toda la noche anterior viendo la segunda temporada de una serie, es uno de sus pasatiempos favoritos, él mismo se apoda como "friki" y no se avergüenza de tal hecho ya que cada miembro de su familia es muy fan de algo. A su padre le gusta viajar y casi no está en casa ya que su trabajo va muy bien con sus gustos, aunque eso también tiene su lado negativo porque no comparten mucho con su familia. Por su lado, su madre es fanática de limpiar, quizás sea algo un tanto estúpido pero lo hace muy bien.

Oliver tiene dos hermanos: el mayor es Jonathan, un abusador compulsivo con él, le gusta mucho todo tipo de deporte y su hermana menor, Ada, una niña con unos ojos muy peculiares y autoproclamada otaku de corazón.

—Apresúrate que se te va el tiempo —Es lo último que dice la mujer antes de salir del cuarto con una pila de ropa sucia perteneciente a su familia.

—Bueno, aquí voy otra vez… —Susurra el muchacho, se pone las pantuflas bordó que están junto a sus pies, se para, estira las extremidades haciendo sonar algunos de los huesos y se dirige al baño superior de su hogar. Camina errante por el pasillo con paredes celeste y piso de madera al igual que el techo, camina por la planta alta de su casa, restriega sus ojos una y otra vez intentando despegarlos pero le es imposible hacerlo totalmente ya que solo había dormido tres horas y su madre tiene la costumbre de abrir todas las cortinas de su casa.

—¡Cuidado con el balón! —Grita su hermano mayor, pero el recién despertado Oliver no logra reaccionar a tiempo y recibe el impacto contra la mejilla izquierda, derribándolo al suelo.

—¡Idiota! —Grita mientras se pone de pie y se frota el rostro que en estos momentos está caliente por el impacto.

—¿Qué pasa allí arriba? —Se escucha la voz de la madre desde la planta baja.

—¡Jonathan me golpeó con su balón de básquetbol!

—¡Es mentira! ¡Él se cruzó en el camino del balón! —Dice en su defensa el joven de veinticuatro años de edad, cabello y ojos café, con tez blanca.

—¡Dejen de pelear! —Es lo único que suelta la mujer antes de volver a entrar a la cocina.

—Esta te la voy devolver... —Dice el muchacho mirando fijamente a su hermano mayor, quien solo se ríe frente a tal amenaza y vuelve con su rutina de dominadas.

Sigue caminando y llega al baño como todas las mañanas para hacer lo de siempre. Regresa a su habitación y abre los cajones de su armario y toma un par de calcetines blancos, una camiseta rojo con franjas negras con escote en V, unos jeans de color azul oscuro totalmente lisos sin un mínimo detalle; abre la puerta del mismo y saca un suéter gris.

—Supongo que esto bastará para hoy…

Termina de cambiarse para luego ponerse sus zapatillas planas de color negro. Se acerca al espejo del armario de hace unos instantes, visualiza "su look" con el cual intenta impresionar a la chica de sus sueños, la típica chica rubia de ojos azules, una de las hijas de la familia más rica de la ciudad, ya saben la chica linda de los clichés, solo que esta vez lleva el nombre de Stephannye Kings.

—¡Oli apresúrate! —Se escucha la voz de su madre desde el piso inferior refiriéndose a él con ese apodo que tanto le molesta. Frunce el ceño y se dirige a desayunar a paso veloz.

—En la mesa está tu desayuno, apresúrate hijo.

—Sí, Oli —Agrega su hermano que también está desayunando en tono burlón y entre risas, lo que provoca el enojo y disgusto de Oliver.

Él se sentó y comenzó a devorar rápidamente todo su desayuno, sin siquiera fijarse que es lo que consume, para luego despedirse de su madre, tomar su mochila y dirigirse en bicicleta a la secundaria a la cual asiste.

Es de mañana y la calle está vacía, seguro se debía al paro de buses y taxis. Protestan por la delincuencia e inseguridad de la ciudad, corre el rumor que vándalos adolescentes disfrazados de una especie de lobos muy horribles andan atacando por las noches a las personas que trabajan en el transporte público. Pero realmente eso no le interesa al adolescente, para él solo son mentiras que usan para conseguir más dinero por parte del gobierno, además está acostumbrado a manejarse por todos lados con su bicicleta negra.

No va muy veloz por el frío, olvidó traer guantes y bufanda, se está congelando. Pero eso no detenía sus ojos, siempre le gustó ver el camino; en este caso los árboles sin hojas, el césped y los techos de las casas escarchados y el piso de la calle un tanto mojado «Parece que llovió anoche y no lo noté» piensa el adolescente, no podía recordar si lo había hecho la noche anterior, solo se había concentrado en su serie con los audífonos al máximo volumen.

Sigue avanzado y comienza a ver vehículos particulares, algunos de conocidos y otros de personas que ve por primera vez; baja la velocidad ya que se acerca a su instituto, entra hasta la zona de bicicletas, saca la cadena de su mochila y se la pone a su vehículo.

—Fuiste el último en llegar, ya sabes lo que significa —Como si un fantasma hiciera su aparición, uno de sus amigos, Michel Goodwood, se muestra. Tiene dieciséis al igual que Oliver, su cabello es oscuro, sus ojos son celestes y su tez es morena. Es el más atlético del grupo y el más responsable.

—Tienes que pagar los almuerzos —Agrega el tercer miembro, Edd Zoolander.

Tiene diecisiete años, su cabello y sus ojos son oscuros y su tez mestiza. No es muy listo ni tampoco el más trabajador, realmente es un flojo sin solución.

—Está bien… —Protesta Oliver girando los ojos, no quería hacerlo pero eso era lo que habían acordado a principio de año, tenía que respetarlo.

No gastan mucho tiempo en saludarse como el resto de sus compañeros, ya que ellos pasaron las vacaciones juntos. Después del saludo de bienvenida dado por su vicedirectora se dirigen al salón de clases. Pasan las horas y llega el momento del almuerzo; ya sentado a la mesa, nuestro protagonista busca y encuentra con la mirada a la chica que le gusta y no puede evitar sonreír. La famosa Stephannye, la chica del cabello dorado y los ojos de cielo, la más popular del colegio. Su figura es tan perfecta como la de un ángel, nunca ha tenido novio según los chismes del colegio. Una diosa que es perfecta físicamente y en todo lo que hace vuelve loco a nuestro protagonista.

—Deberías hablarle —Llama su atención Michel, que está comiendo puré de papas.

—No lo sé, no creo que me preste atención.

Ignorando la falta de valor de Oliver, los adolescentes continúan hablando sobre diversos temas hasta que salta uno interesante:

—¿Saben lo que se dice por ahí sobre la casa abandonada de los Warren? —Habla Michel con tono pícaro para poner más interesante el chisme.

—Absolutamente nada —Responden casi a la par sus amigos.

—Dicen que hay actividad paranormal dentro de esa casa: las cosas flotan, sonidos extraños, incluso hay quienes dicen que hay un portal hecho de sangre del cual salen hombres mitad perro…

—¿Saben lo que significa verdad? —Agrega Edd sonriendo y levantado una ceja.

—Esta noche a las ocho y treinta pm en mi casa, traigan linternas y sus cascos con cámaras —Responde Oliver emocionado por lo que van a hacer.

Ya es hora de marchar, hacer lo que más les

gusta a los tres, exploración urbana de lugares abandonados en la noche. Ya se encuentra el trío reunido para salir en dirección hacia el lugar; tenían que llegar y explorar rápido, ya que el rumor de los acontecimientos paranormales en la casa Warren se ha vuelto muy popular en los colegios locales, lo que provoca las visitas constantes de adolescentes tan curiosos como ellos.

—Parece que la noche se pondrá más fresca...—Habla Oliver mientras se frota los brazos; parado en la vereda fuera de su casa está comenzando a considerar llevar un abrigo extra.

—¿No crees que será mejor que lleves un abrigo extra? —El joven de tez morena lanza la pregunta que impulsa a actuar a Oliver.

—Supongo que sí... —Deja su bicicleta estática y se adentra en el interior de su hogar para buscar algo extra que ponerse.

Camina rápidamente por el pasillo principal, sube las escaleras para luego llegar a su cuarto y comienza a revolotear todo en busca de un abrigo.

—Supongo que este bastará —Toma una chamarra gruesa de color negro opaco y se la pone rápidamente.

Sale corriendo del lugar pero cuando está por llegar a la puerta se detiene a escuchar una voz familiar proveniente de la sala de estar.

—¿Acaso te vas si saludar a tu querido abuelo?

El hombre tiene unos 72 años, cabello canoso, piel arrugada y tez y ojos claros, Julián Miller el abuelo materno de Oliver, parece haber llegado recién porque todavía esta vestido con ropa abrigada y en ese lugar está encendida la calefacción.

—¡Abuelo! —Levanta la voz y se dirige a la sala.

El entrar se percata que también estaba una señora de cabeza canosa, tez blanca y ojos oscuros, Carmen Miller su abuela materna. Se lanza para saludar a ambos con un abrazo.

—Parece que Onii extrañó a los abuelos jiji —Habla la chica de unos catorce años de edad, tez blanca, ojos café pero con un extraño tono rojizo que todavía era un misterio para Oliver, su cabello teñido de fucsia y atado en dos largas coletas. Es la pequeña otaku de la familia, Ada Brown, la antes nombrada hermana menor de Oliver.

—Ya te dije que no hables japonés en la casa, cielo —La reprocha su madre.

—Oh Linda, no hay problema, deja que la niña expanda sus capacidades de lenguaje —Agrega la anciana Carmen.

—Bueno, mamá, yo me tengo que ir porque mis amigos me esperan afuera —Interrumpe Oliver antes de despedirse agitando su mano y corriendo hacia la puerta.

—Linda, ¿Adónde Oliver a esta hora? —Pregunta el hombre canoso mientras ve salir corriendo a su nieto.

—Va a pasear con sus amigos; en unas tres horas posiblemente esté de regreso.

El anciano solo se limita a ver la puerta que da para el pasillo y responder con un «Ya veo…»

Ya están en la puerta del lugar: la casa tiene atrás el bosque de la ciudad, el ambiente es bastante tétrico y terrorífico, pero por suerte para los jóvenes no hay ningún alma además de él, solo se escucha el viento y alguno que otro perro ladrando a una distancia considerable. Dejan sus bicicletas en el suelo y sin dudarlo encienden sus linternas para adentrarse al hogar abandonado.

—Vayamos al grano antes de que otro grupo venga y nos corte la diversión ¿Dónde está lo interesante? —Pregunta Edd Sonriente, siendo el primero en pasar por las puertas del lugar.

—El sótano —Responde Michel devolviendo la misma sonrisa.

Prenden sus cámaras como hacían de costumbre por si lograban captar algún movimiento o psicofonía. Silenciosamente se dirigen al sótano, comienzan a bajar lentamente por la escalera de madera vieja que cruje a cada paso. Continúan hasta que llegan al final pero todo está lleno de telarañas y escombros.

—Parece que solo eran rumores… —Rompe el silencio Oliver, un tanto decepcionado.

Pero de repente se comienza a sentir un temblor y los jóvenes de golpe dirigen sus miradas hacia una pared de la cual comenzaron a salir una especie de raíces negras que hacen crujir los ladrillos y un extraño ovalo de color rojo sangre sale al instante de entre ellas.

—Yo creo que no... —Responde Edd.

Seguido de las palabras de Edd, del extraño portal salen disparadas piedras rectangulares que golpean en la frente a Oliver haciéndolo caer mientras exclama «¡Pleh!»; luego de eso, las piedras se pierden en la oscuridad mientras salen del lugar.

—Ay, ay, ay…

—¿Estás bien? —Pregunta Michel.

—Creo que si…

Después de quedar unos momentos en shock, la curiosidad de los adolescentes los obliga a acercarse lentamente con sus bocas semiabiertas soltando un «Wow». Rápidamente levantan sus cámaras para documentar mejor la situación y de repente se escucha una fuerte explosión, como si un rayo cayera en tierra. Unos pequeños trozos de cristal comienzan a flotar alrededor de dicho óvalo y una extraña silueta sale disparada del interior de esa cosa y golpea a Oliver, haciéndolo volar unos metros hasta golpearse con la pared detrás de ellos.

—¿Estás bien? —Michel por segunda vez.

—Creo que sí, otra vez…

Se quita de encima la extraña cosa que está sobre él. Se pone de pie y logra ver lo que lo había golpeado: es una chica. Está inconsciente y en un estado muy deplorable.

—Chico, esto ya es muy extraño, ¿Creen que sea brujería o algún proyecto del gobierno? —Habla Oliver mirando la chica en el suelo y el portal de la pared.

—O quizás es un portal de los deseos ¡Oliver pide algo! —Agrega Edd, pinchando a su amigo mientras le da la orden.

—¿Por qué yo? ¿Soy el único que se dio cuenta de que una chica salió de esta cosa y que puede llegar a estar herida de gravedad? —Agrega levantando la voz y los brazos para luego señalar a la joven.

—¡Oye tranquilo, que estoy llamando a la

ambulancia! —Le responde Michel con el celular en la mano, comenzando a marcar —Mientras tanto tú pide otro deseo.

—Está bien, pero que quede claro que yo no pedí que unas piedras me golpearan ni una chica —Responde y se acerca al portal —Quiero un perrito nuevo.

—Un perro ¿En serio? —Lo critica Edd.

—No se me ocurrió otra...

Es interrumpido por el sonido del óvalo en la pared que comienza a perder su brillo lentamente.

—Creo que ya no funciona —Habla Edd, cruzándose de brazos.

Antes de poder decir algo más comienza a escuchar un rugido que cada vez se hace más intenso y antes de que el portal se apague del todo sale de él una criatura como un hombre delgado pero en cuatro patas, como un animal con garras largas y rostro de un lobo con su boca llena de colmillos.

—Eso no es un perrito normal...—Se limita a decir Oliver mientras deja escapar una gota de sudor frio por su frente.

La criatura gruñe y se lanza contra Oliver, prendiéndose de un mordisco a su brazo izquierdo y tirándolo hacia una pared, haciendo que golpee la cabeza y arrancándole parte de sus abrigos e incluso de su piel, dejando salir aquel líquido rojo espeso. Todo comienza a dar vueltas y ponerse oscuro para Oliver, solo logra ver cómo el animal se dirige hacia él nuevamente con pasos lentos, como un lobo que está por terminar con una pobre oveja malherida. Pero una silueta entra corriendo y lanza algo brillante y de color blanco al perro mutante. Pero antes de poder hacer o decir algo, queda inconsciente.

Tercera parte

La oscuridad comienza a disiparse y se oyen voces familiares pero parece que no están cerca; es como si estuvieran en otra habitación. Unas suaves manos acarician la frente de Oliver, despertándolo de apoco.

—Onii, por fin despiertas —Frente a los ojos del adolescente se hace el hermoso rostro de su hermana menor, Ada.

La vista de Oliver se aclara y puede percatarse de la escena: está acostado sobre el regazo de su hermana, que siempre es muy cariñosa con él.

—Ada, ¿qué pasó...? —Habla el joven e intenta levantarse, pero cae de nuevo sobre las piernas de su hermana debido a un fuerte dolor y ardor que siente en su brazo izquierdo.

—El abuelito dice que fuiste atacado por un perro muy grande.

Oliver queda en silencio, intentando recodar lo que pasó; «Fuimos a explorar una casa abandonada cuando de repente apareció una especie de portal y...»

—Onii, ahora tendrás una cicatriz en el brazo, te verás más varonil. Tendré que cuidarte de las zorras que se acercarán a ti —Interrumpe sus pensamientos la preadolescente de cabello fucsia con una sonrisa de psicópata.

El muchacho suelta un «je-je...» nervioso. Ada puede ser una hermana muy cariñosa pero también es extremadamente celosa.

—No sabía que ustedes son tan cariñosos…
—Habla el muchacho de tez morena junto a otro de tez mestiza, son sus amigos, Michel y Edd.

Ambos amigos de Oliver llevaban varios minutos en el sofá frente a los hermanos Brown, aunque permanecieron callados.

—¿Cuánto llevan ahí?

—Prácticamente desde que nos trajeron a tu casa, todo lo que pasó fue sacado de una película… —Responde Michel.

—Si… —Afirma Edd.

—Chicos, ¿qué es lo que pasó…? —Oliver aún confundido decide preguntar.

—Esa cosa te atacó hasta dejarte inconsciente, pero justo llegó tu abuelo y nos salvó —Responde Edd, todavía en estado de shock.

—¿Mi abuelo? —Oliver levanta una ceja ante esa respuesta, ¿Cómo puede ser que un anciano de casi de ochenta años lo pudo haber salvado de un ser tan extraño y agresivo? ¿Y qué eran esas cosas? ¿Un portal? ¿Un monstruo? ¿Alienígenas? ¿Experimentos del gobierno? No sabe lo que pudo haber sido, pero eso no es normal, está seguro.

—Si fui yo… —El anciano entra por la puerta que da para el pasillo principal junto con su madre y su abuela, Linda y Carmen.

Minutos antes

La claridad del día ya había desaparecido; al ser la temporada de invierno la luz natural se va más temprano. Es alrededor de las siete treinta p.m. y van en taxi por las calles frías y parcialmente ocupadas por diversos tipos de coches con sus luces alumbrando sus caminos. No es una visita normal, quiere hablar con su hija y su familia sobre lo que está ocurriendo, se está comenzando a salir de control. Esas criaturas comenzaron a aparecer por todo el mundo hace aproximadamente dos meses y medio; al principio eran muy raros los casos de avistamiento, pero ahora se pueden encontrar dos de esas criaturas a la semana. Lo peor es que las personas normales corren peligro y todavía recuerda la primera vez que se cruzó con una de esas aberraciones...

—Por fin en casa...

Ingresa a su hogar, la puerta principal da directamente a la sala de estar con un televisor anclado a la pared en medio de una biblioteca que ocupa toda la pared, un sillón que apunta al mismo y una mesa de sala hecho de madera y cristal.

—¡Cariño, ya llegué!

Entra a la cocina para buscar un poco de comida.

«¡POM!» se escucha un fuerte golpe proveniente del sótano. El hombre hace una pausa para prestar atención a lo sucedido; quizás sea su imaginación jugándole una broma de mal gusto, después de todo estuvo todo el día trabajando.

«¡POM!» un golpe aún más fuerte. El hombre se encamina por el pasillo hasta llegar a las escaleras que dan para la parte superior donde están las salas para visitantes, pero eso no le interesa, lo que le importa es lo que está debajo de esas

escaleras, la entrada al sótano. Sin dudarlo se introduce sigilosamente en la parte inferior de la casa, presiona el interruptor de la pequeña y débil luz del lugar que apenas alumbra el lugar.

—¿Qué pasó aquí? ¿Quién está ahí? —Levanta la voz con tono intimidante.

No hay respuesta de ningún tipo. Echa una mirada nuevamente para volver a analizar el lugar y nota algo. El cofre que había dejado olvidado hacía décadas en el fondo del sótano está con marcas, garras y golpes como si alguien hubiera intentado sacar lo que se encuentra dentro de él a como diera lugar, pero solo un hechizo muy poderoso o un ataque muy fuerte podría abrirlo. El canoso se acerca lentamente al cofre y frota sus puños para luego golpear ambos levemente: era la manera de hacer aparecer sus "magtus", los guantes mágicos que todo mago utiliza para canalizar sus poderes; son blancos y completamente lisos. Abre su palma derecho apuntando a la cerradura del cofre y hace un gesto girando sus manos en sentido de las del reloj y el candado se abre al instante.

—¿Destierra Espíritus? —Nombra por lo bajo al único objeto dentro del baúl, su antigua espada.

Toma delicadamente dicho objeto y analiza su estado actual: la madera de la empuñadura está hinchada y astillada, el metal que separa el filo del mango se encuentra doblado y oxidado, la hoja de acero angelical está tan vieja que su antiguo color plateado brillante ahora es un naranja opaco.

—Creo que te descuidé por un par de décadas —Ríe un poco, mientras se rasca la cabeza avergonzado.

«Grrr...» se escucha detrás de él. El anciano rápidamente se voltea para ver de dónde proviene el gruñido y ahí lo ve: parece una mujer, pero su cuerpo está seco hasta los huesos, en cuatro patas, su uñas era garras muy largas, su boca es un hocico lleno de colmillos, su piel pálida como un muerto, sin ningún pelo en su cuerpo desnudo. La criatura no duda mucho y de un salto se abalanza sobre el hombre, pero al percatarse del ataque el anciano rápidamente empuña la espada y atraviesa con dificultad el pecho de su atacante.

—¿Pero qué cosa es esto?

Deja caer el cuerpo del monstruo y lo mira fijamente para intentar recordar si era algo que había visto antes; en ese instante pensó «¿Será el espíritu del cual tanto rumorean?»

—Vaya Julián, qué viejo te has puesto... —El cadáver levanta la cabeza con ojos encendidos al rojo vivo y una voz familiar sale de la boca inmóvil de la bestia muerta.

El anciano queda en silencio, recordando la última vez que escuchó esa voz, la última vez que usó su espada, la última vez que se enfrentó a un espíritu o mejor dicho a un demonio; el asombro y el escalofrío dejan escapar una palabra, un nombre de sus labios: «ÉL...»

—Ja, ja, pareces asombrado.

—Creí que te había desterrado y cortado tu comunicación con este mundo...

—Lo hiciste, pero me las arreglé para volver.

—¿Qué quieres aquí? —Pregunta sin rodeos y tomando aún más firme su gastada espada.

—*Ya lo verás...*—*Se limita a decir; al instante el cuerpo que había sido reanimado vuelve a su estado anterior, un saco de carne y hueso.*

—¿*Eres tú quién hace tanto ruido?* —*dice Carmen al despertarse por el alboroto.*

El anciano, todavía en estado de shock, alza la mira y solo dice «Llama al sub-consejo de magia del norte de inmediato...»

—¿Estás bien? —A su lado, la mujer interrumpe sus pensamientos.

—Claro que si —Se limita a decir mientras toma su mano y le da un beso.

Ya estaba a la puerta de la casa de su hija y parece que sumergirse en sus pensamientos hizo que perdiera la noción del tiempo. Bajan del taxi luego de pagar y se dirigen a la entrada del hogar.

—Buenas noches Don Julián —Saludan al unísono los adolescentes que estaban esperando a algo o a alguien.

—Buenas noches jóvenes, ¿los atendieron?

—Sí, su nieto fue a buscar abrigo —Responde el joven de tez morena.

El anciano mueve su cabeza para responder y toca el timbre de la casa. La puerta se abre y detrás de ella hay una niña teñida de rosa con flequillo al costado.

—¡Abuelitos! —Grita y pega un salto para abrazarlos, provocando la sonrisa en ambos —. Pasen los estamos esperando —Agrega y los arrastra hasta el interior del hogar.

—Hijo, siéntate un rato en el sofá —Ordena la madre del muchacho con tono serio, a lo que el joven simplemente lo hace.

«¡Ahh!» suelta un suspiro el hombre canoso llevándose su mano derecha a la frente, parece que va a decir algo que no quiere pero debe hacer.

—Está bien, hemos hablado con los padres de Michel y de Edd e incluso con el sub-consejo del norte y están de acuerdo —Dice con tono firme, no parece el abuelo de Oliver: él siempre tiene un tono de voz amable que le agrada a cualquier persona con la que habla.

—¿De acuerdo en qué? ¿Qué cosa del norte? —Pregunta Michel mientras seca una gota de sudor que escapa de su frente, lo disimula bien pero lo que vivió hace una hora lo dejó en shock, tiene miedo y muchas dudas.

—Para revelarles su verdadera identidad.

Los tres jóvenes junto con la niña suelta a la vez un «¿Ah?»

La anciana junto Julián se adelanta dos pasos para tomar la palabra:

—Hace aproximadamente dos mil años hubo un suceso muy importante para la humanidad. Un grupo de humanos estaba realizando un culto, no tenemos mucha información sobre lo que pasó en él pero sabemos que dio en resultado la evolución de algunas especies del planeta. Entre ellas la raza humana, la cual se dividió en cuatro grupos: el primero fue el de los normales, luego los llamados mágicos, los terceros se denominaron kinéticos y los cuartos llevan el nombre de elementales —Explica la mujer de cabeza canosa lentamente, para que los chicos puedan procesarlo.

—Nosotros descendemos de la segunda

rama, los mágicos —Continúa la palabra Linda Brown, poniéndose a la par de su madre.

Los cuatros adolescentes quedan en total silencio, están en estado de shock, no saben si es una broma de mal gusto o es verdad. Su razón les dice que es una mentira, eso no está documentado en los libros de historia, pero lo que vivieron hace rato en la casa abandonada les dice que es posible.

—¿Es una especie de broma? —Michel se cruza de brazos y toma una posición desafiante.

—No lo es. ¿Alguna vez se preguntaron por qué Ada tiene un color de ojos tan extraño? —Linda responde con tono amable, señalando a su hija menor.

—Si ese es el caso ¿Por qué nos enteramos ahora? —Oliver lleva la mano derecha a la barbilla dando a entender que ahora tiene aún más dudas.

—Porque hace ocho años se estableció que los descendientes podrán ser introducidos a partir de que cumplan la mayoría de edad, pero esta vez se les permitirá a ustedes por ser un caso especial.

—Por ahora les voy a pedir tres cosas —Habla Don Julián —: primero que no le hablen a nadie sobre este tema, segundo que se vayan a dormir y tercero que dejen de tomar sus "vitaminas" —Agrega haciendo las comillas con los dedos.

—¿Vitaminas?

—Son pastillas que les hemos estado dando a Oliver, Ada y Edd durante varios años para contener sus poderes, pero les dijimos que eran vitaminas por el simple hecho de que no queríamos que hicieran preguntas.

—Yo nunca he tenido que tomar "vitaminas"

—Interrumpe Michel.

—Eso te lo tendrán que explicar tus padres.

Nadie dijo nada después de eso; los adolescentes se limitaron a despedirse e ir cada uno a su hogar.

Cuarta parte

El trío de adolescentes está en el salón de clases, aunque en receso; todos están afuera a excepción de ellos.

—¿Qué les dijeron sus padres? —Toma la palabra Oliver que está de pie y apoyado en el pupitre frente a sus dos amigos.

—A mí me dijeron que son descendientes mágicos, específicamente somos magos, aunque todavía no logro procesar esta información... —Habla Edd mientras se rasca la cabeza con cara de confusión, como si sus ojos dieran vuelta cual ruedas.

—Pues al parecer mi padre es un mago, pero mi madre es normal y yo salí a ella —Toma la palabra Michel con cara de confusión y a la vez de decepción —¿Y a ti? —Agrega y dirige su mira a Oliver para desviar la atención.

—Pues realmente todo esto ha pasado muy rápido, ahora resulta que no soy normal y tengo una mordida en mi brazo —Hace una segunda pausa para continuar hablando —. Según mi madre mi familia son mágicos, magos y hechiceros creo que dijeron, pero también que Ada y yo somos diferentes... no explicó nada más que eso.

—Esto es una locura —Retoma la palabra Edd —. Es verdad que me gusta lo paranormal y fantasioso pero nunca pensé que yo fuese a formar parte de eso. Muchísimo menos que existía algo tan importante y que estuviera tan oculto.

—Yo tengo una duda: ¿alguien sabe qué paso con la chica y el perro? —Michel se pone en posición cómoda esperando una respuesta de sus amigos.

Oliver abre ligeramente sus ojos; esa noche él había sido impactado por una chica inconsciente y atacado por una especie de perro demoníaco gigantesco, su familia no le explicó nada sobre esa chica y esa cosa que lo atacó ¿Estarán vivos? ¿Dónde? ¿De dónde vendrán?

—Sé lo mismo que tú… —Responde Edd —: salieron de un extraño óvalo en una pared y atacaron a Oliver, pero Don Julián llegó y espantó a esa bestia para rescatarnos. De la chica y de dónde fue el animal no sé nada.

—¡Ah, esto es mucha información para mi cabeza! —Oliver coloca las manos en su cabeza y comienza a revolotear su cabello.

—Eh, perdón, ¿ustedes son Michel, Edd y Oliver? —Una voz femenina proveniente de la puerta a espaldas de Oliver interrumpe la charla. Se voltean a la par lentamente para ver quién es la persona que habla, pero un pensamiento los invade: «¿Escuchó de lo que hablábamos? Ya metimos la pata». Gotas de sudor comienzan a caer de sus frentes al darse cuenta de quién es esa persona y lo que significa que ella se entere.

—Stephannye...

«¿Ahora qué vamos a hacer?» Es el pensamiento que cruza por la cabeza de los muchachos. Stephannye los ha escuchado y al ser una de las chicas más populares del colegio el chisme se esparcirá rápidamente por todos lados; esto va mal, sus padres los van a matar….

—¿Acaso están ebrios? —Pregunta la chica de tez blanca y cabello rubio mientras inclina levemente la cabeza.

—¡No! No es eso, solo estábamos hablando de... —Oliver hace una pausa para pensar una excusa —…una historia que estamos escribiendo…

—¿Si? ¿De qué trata esa historia? —Stephannye pega un pequeño brinco y posa un dedo sobre su labio inferior.

—Pues trata de... —Gotas de sudor se dibujan en la frente del joven de cabello café que ahora aprieta muy fuerte su sudadera de color negro.

—¡De experimentos secretos del gobierno! —Interrumpe Michel poniéndose frente a su amigo que ahora está ocupado intentando no desmayarse por la presión.

—Ya veo… —Stephannye mira para el suelo y se queda así unos momentos —. Está bien, les creo, pero mi celular no —Agrega y muestra la pantalla de su celular con la aplicación de grabadora abierta.

—Tú... —Susurra Michel mientras comienza sudar en frio.

—Está prohibido ingresar a la institución en estado de ebriedad —La rubia sonríe mostrando esa hermosa dentadura que le encanta a Oliver y haciendo que trague saliva ante tal bella expresión. La muchacha retrocede lentamente y sale corriendo del salón.

—¡Maldición, hay que quitarle el celular! —Grita Michel y toma de la mano a sus dos amigos para ir detrás de la rubia. Salen al pasillo, corren desesperadamente para alcanzar a la joven que acaba de doblar a la izquierda al final del pasillo, Michel lleva la delantera, siempre ha sido el más atlético de los tres. Mientras tanto Oliver y Edd corren detrás de él intentando no chocar con los alumnos que hay en el camino, pero no puede evitar llevarse alguno que otro por delante.

—¡Ven aquí! —Grita el moreno mientras se acerca cada vez más a la joven que ahora está subiendo las escaleras.

Acelera el paso pero todavía no es suficiente para alcanzar a la chica que hace la misma acción escapándose de la vista de Michel, hasta que llegan a la azotea.

—¿Dónde estás? —Abre la puerta y grita mientras respira como alguien que acaba de salir del agua después de aguantar la respiración por mucho tiempo.

—Mi-chel...—Lo llama Edd, llegando detrás con Oliver.

Ambos apenas pueden respirar después de la repentina y veloz carrera, están como si se les fueran a salir los pulmones por la boca. Ambos se acercan a Michel que está cerca de la orilla del lugar. «¡POM!» Suena un portazo que hace que los jóvenes se den la vuelta de golpe y ahí está:

—Vaya Michel, sí que eres rápido...—Habla la joven sonriente y apoyada en la puerta —, pero no suficiente para alcanzarme —Agrega cambiando su expresión a una más seria.

—¿Por qué nos hiciste correr hasta aquí? —Oliver se pone en medio de sus amigos, ahora ya con los pulmones más calmados.

—¿Saben que así cualquiera los puede descubrir? —Stephannye se acerca amenazante a los chicos y lea vuelve a mostrar su celular dando a ver que la aplicación de grabar está abierta, pero no está grabando nada.

—Stephannye...

—¡Por lo menos cierren la puerta para la próxima! —Agrega la joven cruzándose de brazos mientras se voltea —¡Ya pueden salir chicas!

Detrás de la puerta que lleva a la escalera salen dos jóvenes que se acercan a Oliver y a sus amigos.

—Ara, ara, ¿Qué tenemos aquí? —Dice una de las chicas acercándose más a Oliver mientras lo analiza de pies a cabeza.

—P-perdón ¿P-pero ustedes quienes son…? —Pregunta el joven nervioso, ya que la extraña chica comienza a rodearlo.

—Yo soy Alexa Black, tengo dieciocho años —Responde la chica de cabello oscuro con flequillo que solo deja ver su ojo izquierdo que es de color rojo carmesí. ¿Usará algún tipo de truco para que su ojo se vea así?

—Y yo Eliza Black de dieciocho años —Habla la otra chica con tono muerto, sin ninguna expresión, el cabello gris ceniza cubre sus ojos.

—¡Somos mellizas! —Agrega Alexa mientras se pone junto a su hermana posando de manera sensual. «Son idénticas, lo único que las diferencia es su cabello, su voz y su forma de ser» piensa Oliver mientras observa que el cuerpo de ambas es igual, la altura, el grosor de sus caderas y busto, hasta la tez pálida de ambas.

—El Sub-Consejo del norte nos ordenó que los cuidáramos y fuéramos sus maestras temporales —Interrumpe Stephannye, que está de espaldas como dando a entender que no le gusta ese deber.

—¿Cuidarnos? —Habla Edd, que ya llevaba mucho tiempo callado.

—Así es, Alexa cuidará de Michel, yo de Edd y Stephannye de Oliver —Responde la chica de ojos ocultos, hablando nuevamente como si fuera una máquina.

—¿Eso es necesario?

—Nosotras tampoco queremos, pero es una orden y tenemos que obedecer —Responde la rubia dándose por fin la vuelta para mirar a los chicos.

—Yo no quería, pero viendo lo lindo que es este niño cambié de opinión... —Dice Alexa con tono provocador mientras se le acerca a Oliver y le toma una nalga, haciendo saltar a este último.

—Como sea, a la salida del colegio los estaremos esperando. De ahora en adelante después de clases irán a mi casa, que es el lugar donde van a aprender y entrenar ¿Entendido? —Stephannye se pone como sargento y señala a los jóvenes los cuales llevan las manos a la frente cual soldados, haciendo reír a Alexa.

—¡Sí señor!

Ya están afuera con sus bicicletas, al parecer las chicas también se manejan en ellas, lo que es raro, ya que los chicos pensaban que Stephannye andaba en automóvil.

—Síganos y no se pierdan ni retrasen porque no los vamos a esperar —Stephannye habla y toma la delantera junto con Eliza.

—Yo si volveré por si te pierdes, niño —Alexa habla a Oliver y le guiña el ojo.

Los chicos comienzan a pedalear detrás de Stephannye pero hay algo que llama la atención de Oliver: «¡Maldición que bien le queda la ropa deportiva!» dice en su mente al ver la espada baja de la muchacha rubia que lleva dicha ropa de color rosa al igual que las hermanas Black; Alexa lleva color negro y Eliza el color gris. Él y sus amigos también llevan ropa deportiva, se habían cambiado unos minutos antes de ir al lugar de encuentro.

—Stephannye, parece que al niño le gusta ¡Esto! —Alexa y le toma una nalga a su amiga haciéndola poner como un tomate.

—¡Alexa! —Grita mientas se voltea a ver a Oliver con ojos amenazante por lo que el joven desvía la mirada.

Sin darse cuenta ya están frente al portón gigante que es la entrada a la casa de Stephannye: su hogar abarca toda una cuadra y está totalmente amurallado. La puerta se abre e ingresan con sus bicicletas. El camino está rodeado por arbustos con diversas flores, hay algunos pájaros volando y un par de personas regando y podando las plantas.

—Bienvenida joven Stephannye —Habla el mayordomo en la puerta, acercándole una botella de jugo a su ama.

—Gracias Alfred.

—¡Alfred! —Gita Alexa y realiza un saludo de palmas y puños el hombre para luego toma una botella.

—Buenas tardes don Alfred —Eliza realiza el mismo acto que sus amigos.

—Ustedes también puedes tomar una, jóvenes —Habla el hombre canoso.

El trío de adolescentes toma una botella de jugo cada uno y entran después de agradecer al hombre. El interior de la casa parece un castillo, hay una puerta doble y a sus lados escaleras de madera decoradas con detalles de oro, cuadros a las paredes de color crema y un gran candelabro en el medio.

—¡Wow!

Siguen caminando en dirección a la puerta frente a ellos, la que al parecer lleva a un pasillo con muchas puertas, el suelo decorado con una alfombra roja, paredes iguales a las de la entrada y puertas de roble oscuro. Entran a una de las habitaciones que está a un par de metros, es un gimnasio.

—Aquí entrenarán a partir de hoy —Habla Stephannye y agarra tres pares de guantes blancos.

—¿Entrenar? —Oliver se rasca la cabeza. No es de realizar ninguna actividad física además de usar su bicicleta.

—Así es, pero no físicamente, por lo menos para ti y al cabellos de alambre. Van a aprender a utilizar su magia, al hacerlo sus cuerpos irán mejorando a la par e incluso podrán potenciarlos con ella. En cambio, al ser un inútil para la magia el negro entrenará físicamente y mentalmente con Eliza.

—¿A quién llamas negro, oxigenada? —Michel molesto se acerca un poco a la rubia pero rápidamente Stephennye de un puñetazo lo manda a volar.

—Ahora somos sus maestras y no toleraremos irrespetuosidades, ¿entendido?

—¡Sí señor! —Oliver y Edd se ponen firmes.

—Muy bien, estos son sus magtus, los usarán para canalizar su magia —Les entregan los guantes —¡Prepárese porque en este mes tenemos que estar listos para la primera misión, les sacaremos el jugo y no se quejarán. ¿Entendido?

—¡Sí, señor!

CAPÍTULO DOS

Primera parte

—Mi cuerpo... —Suelta un quejido el muchacho de cabello café que está tumbado sobre su pupitre, aprovechando los minutos antes de que ingrese el profesor de matemáticas. Hace un par de días el bombón de la clase Stephannye Kings comenzó a entrenarlo como si no hubiera un mañana, corrió kilómetros y kilómetros en la cinta caminadora para después levantar pesas de veinte kilogramos, pero no lo hizo normalmente, sino que comenzó a utilizar su magia para potenciar su cuerpo en dichas actividades; según la rubia solo se puede potenciar hasta un 5% pero eso basta para dejarlo destrozado, no está acostumbrado a dicho poder, agregando su pésima condición física.

No es el único que esta así, Edd también experimenta tal sufrimiento pero como su maestra es la amigable Alexa, tiene más descansos, incluso puede potenciar su cuerpo hasta un 7%. Por su lado, Michel solo se dedica a practicar puntería y artes marciales, pero él ya está acostumbrado al ejercicio extremo y no sufre mucho con esto.

—¿Crees poder escribir en ese estado? —Habla el moreno a su izquierda.

—Haré mi mejor esfuerzo...

—Hubieras faltado hoy —Se mete en la conversación el chico a su otro lado, Edd.

—Lo intenté, pero mi madre no me lo permite y Stephannye me dijo que si llego a faltar un día me golpeará... —Suelta un quejido después de terminar la oración.

—¿Te sigue gustando después todo?

—Pues sí, es demasiado hermosa para que deje de hacerlo…

—¡Puff! Que cursi eres… no te vaya a dar diabetes —Habla Michel con cara náuseas ante las palabras de su amigo.

—Cállate...

—Pues si tanto te gusta... —Cambia su tono a uno más pícaro —Ahí viene, salúdala —Agrega señalando a la rubia que llega con su amiga normal, ya saben, no es maga ni nada por el estilo.

Oliver se levanta del pupitre y comienza a peinarse; ya había hablado con ella antes, hacerlo ahora en un ambiente más tranquilo tendría que ser más fácil.

—Hola... —Levanta una mano temblorosa mientras mira a la chica de apariencia angelical que pasa a su lado, pero es totalmente ignorado. Baja lentamente la mano cambiando su sonrisa por una mueca de dolor ante el rechazo. Logra oír un «¿Y ese quién es?» de parte de la chica que acompaña a Stephannye, recibiendo un «Ni idea» de esta última.

—Eso tuvo que doler… —Edd le da palmada a su amigo.

—¡Disculpen la tardanza alumnos! Estaba ocupado con un asunto —Interrumpe la escena el profesor que acaba de entrar.

El trío y el resto de los alumnos se ponen de pie para saludar al hombre que acaba de entrar y retoman sus asientos.

—El motivo de mi tardanza es que de ahora en adelante vamos a tener tres nuevas integrantes en este curso —Agrega y hace una seña para que pasen las personas que estaban esperando afuera del aula.

Todos dirigen su mirada para las chicas que acaban de entrar y se ponen en frente a toda la clase. Pero el trío abre la boca al reconocer a dos de esas chicas.

—No jodas... —Susurra Oliver mientras ve a la chica de cabello negro y un solo ojo descubierto de color rojo junto a la otra de cabello gris con un flequillo que le cubre ambos ojos.

—Por favor preséntese —Habla el hombre frente ellos.

—Yo soy Alexa Black, tengo dieciocho años y espero nos podamos llevar bien —Toma la iniciativa la muchacha a la izquierda mientras sonríe de oreja a oreja pero sin dejar de tener una expresión seductora.

—Yo soy su hermana, Eliza con el mismo apellido y espero lo mismo —Continúa con tono frío y robótico la muchacha.

—Yo soy Úrsula Unknown… tengo dieciséis

años y espero que puedan recibirme como su compañera y amiga —Toma la palabra la chica tímida a la derecha. Su cabello es verde alga, esta suelto y ligeramente alborotado con un flequillo que cubre su frente. Sus ojos grises brillan por la luz que se cuela por la ventana al igual que su piel blanca; aunque ojerosa, su busto y caderas son iguales a las de Stephannye.

—Muy bien, vayan y busquen un lugar para sentarse —Ordena el hombre con título de profesor de matemáticas.

Las chicas comienzan a caminar por el espacio que hay entre la fila de Oliver y la de Michel. Alexa, que es la primera en pasar, mira al pelimarrón y sonríe como diciendo «¡Oh, sí! Ahora somos compañeros». Seguida de esta Eliza mira al joven y se limita levantar su pulgar izquierdo. Pero lo que más llama la atención de nuestro protagonista es la tercera chica. Es muy linda, se podría decir que está al nivel de su rubia favorita y de las hermanas Black. La muchacha al percatarse de la mirada de Oliver pega un pequeño brinco, mira para otro lado y acelera sus pasos.

—Muy bien, sigamos en donde lo dejamos la clase pasada... —Se pone de piel el delgado hombre bigotón con el libro de temas y toma la tiza para escribir en la pizarra.

—¿Creen que las hermanas Black se inscribieron aquí para controlarnos? —Pregunta Edd, quien está junto a Oliver y Michel.

Están en receso y como siempre son los únicos que quedaron en el aula.

—Supongo, seguramente habrán falsificado su información para poder estar en esta clase —Responde Michel, dibujando en un papel.

—Yo opinó que es exagerado que estas chicas estén aquí, ya era demasiado con que se volvieran nuestras maestras y ahora nos vigilan hasta en el aula —Toma la palabra Oliver, tirado sobre su pupitre con los ojos cerrados.

—Eh, Oliver...

—No es que me moleste lo de Stephannye, pero las otras dos están de sobra...

—¡Oliver!

—Además Alexa viene con ese color en sus ojos ¿No está algo grande como para llamar la atención así?

—Oh, pero qué niño tan malo... —Una voz femenina con tono seductor susurra en el oído izquierdo del joven echado y le muerde la oreja con un sonido de «Ñam», haciéndolo saltar rojo como un tomate.

—¡No hagas eso! —Grita y se pone derecho, ignorando su dolor corporal.

La chica se para frente a él y suelta una delicada risa que tapa con su mano izquierda.

—¿Qué haces aquí? —Desvía la mirada para disimular sus mejillas rojas.

—En primer lugar, estoy con mi hermana aquí porque tenemos la misión de cuidarlos y segundo, Stephannye me mandó a decirles que por favor no la hablen en público ya que tiene una reputación que cuidar —Explica.

—Ah... —Se limita a responder Oliver.

Claro, la rubia es una chica linda y popular,

no puede arruinar su reputación hablando con un don nadie que no puede con una sesión de ejercicios intensos y que le falta un pedazo de su brazo.

—Bueno, se refiere a Oliver y Michel, con el único que hablara es con Edd —Agrega.

—¿Conmigo? —Levanta una ceja y se rasca la cabeza ante la mirada de su amigo Oliver —. ¿Acaso le gusto? —Agrega para hacer molestar a su amigo.

—No lo sé —Responde la chica poniéndose un dedo en los labios haciendo una expresión de duda —Steph tiene sus ideales.

—Cambiando de tema... —Edd hace una pausa para pensar sus palabras —. ¿No será un problema que andes por el colegio con ese color de ojos? Digo, es raro ver a alguien utilizando algo tan llamativo.

—¿Mis ojos? No son un truco.

—¿Entonces…?

—Es mi color natural.

—¿Y no crees qué eso es aún peor? —Pregunta Michel.

—No te preocupes, solo los descendientes de la rama mágica, kinetica y elemental pueden ver el color de mis ojos —Explica —. Eso se lo diré más en detalle después de clases.

—Está bien.

—¿Y quién es la otra chica? —Interrumpe Michel que observa por la venta que da al patio, donde está la muchacha de cabello verde alga.

—¿Muh? No lo sé, supongo que es una chica normal... —Responde Alexa —. Bueno será mejor que vuelva con las chicas, así me siguen mostrando el lugar —Agrega y se retira lentamente.

—¿Ahora nos puedes terminar de explicar lo que nos contaste en el aula? —Toma la palabra Michel mientras mira a Alexa.

Ya están en casa de Stephannye, pues hoy no será un día de practica física, sino una clase teórica.

—Claro —Hace una pausa y se para frente al trío de chicos sentados en el sofá de la sala y esperando que Stephannye regrese con Eliza y unos libros.

—Los humanos normales pueden ver cualquier color de cabello pero de ojos solo pueden ver los colores café, azules, verdes y grises —Explica.

—Pero yo puedo ver tus ojos rojos —Interrumpe Michel.

—Puedes hacerlo porque eres descendiente de personas mágicas. Es una forma de identificar a alguien que no es normal, los mágicos pueden tener cualquier color de cabello y ojos de manera natural, sin usar tintes o lentillas.

—Si ese es el caso... ¿Qué ven los normales? —Pregunta Oliver haciendo referencia a los colores de ojos.

—Para ellos simplemente tengo ojos café.

El chico se limita a decir un «Ah…» mientras ve llegar a los otras dos chicas que ingresan con los libros.

—Está bien, estos dos para Michel, estos otros dos para Edd y estos cuatro para Oliver —Habla Stephannye mientras reparte los libros.

—¿Por qué yo tengo que leer el doble que

ellos? —Pregunta el muchacho mientras mira los grandes y gordos libros frente a él.

—Porque eres el único del cual no sabemos su rama con exactitud —Explica Eliza con su típico tomo robótico.

—¿No se supone que soy de la rama mágica?

—Desciendes de personas mágicas, pero hasta que no pasen los efectos de las pastillas que te daban tus padres no sabremos a cual perteneces —Explica.

—Sigo sin entender…

—Solo seguimos las órdenes de nuestros superiores, cállate y obedece también.

—Está bien…

—Así es, eso te pasa por ser un híbrido —Dice Stephannye molesta, cruzada de brazos.

—¿Híbrido? —Oliver levanta una ceja, confundido ante tales palabras.

—Son los que son mitad de una rama y mitad de otro —Vuelve a explicar la chica de tono robótico —Tú y Michel son así, pero al único que no sabemos su raza dominante eres tú, aunque usas magia, desde el sub-consejo nos ordenaron estar atentas a tu progreso.

Oliver baja la mirada en un suspiro aceptando que no podrá escapar de esa lectura. Es de pasar horas y horas frente a una pantalla viendo series pero no de leer, ciertamente se le hace un poco tedioso y aburrido.

—Muy bien, ahora abran el libro de "Historia Universal" en la primera página —Toma la palabra Eliza para comenzar la clase teoría.

—Hace milenios, un extraño y misterio culto

se llevó a cabo. No se sabe mucho sobre él, pero estamos informados que ahí fue donde la raza humana se dividió en cuatro; normales, mágicos, elementales y kinéticos. Pero no solo eso pasó: nuevos seres nacieron de tal magnitud de poder; orcos, trolls, manticoras y seres similares…

En medio del palabrerío de Eliza, Oliver no puede evitar distraerse con las imágenes del libro. Es como ver un libro de arte conceptual de una película, solo que esto es real, le cuesta creer que dichos seres sean reales: orcos, hadas, demonios y…esto es muy…

—¡Ay! —Oliver de repente sale de sus pensamientos porque siente una puntada y un ardor intenso en su herida.

—Oliver, ¿pasa algo? —Michel es el primero en percatarse y se acerca a él. El resto se limita a mirar a Oliver.

—Mi herida…

—Déjame ver —Eliza deja el libro y se acerca al muchacho.

Gracias a la calefacción simplemente están utilizando ropa ligera, por lo cual no le toma mucho tiempo a la peligris sacar el vendaje manchado con sangre, pero algo llama su atención.

—Está soltando vapor… —Perpleja mira la herida, se está curando lentamente mientras suelta el humo gris.

—¿Eso a qué se debe? —Pregunta Edd.

—No lo sé… pero se detuvo —Eliza se pone de pie, trae un vendaje limpio y se lo pone a Oliver.

Todos quedan perplejos ante la escena, en el caso de Oliver, Michel y Edd nunca habían visto algo así y para las chicas también es lo mismo, eso no es magia curativa. Oliver queda en silencio; el dolor se fue, su herida no sanó del todo pero eso no es lo que capta su atención sino la presión de una mirada sobre él. Es como si un ser de mucha presencia lo estuviera rondando, como un león que da vueltas alrededor de un pequeño ciervo herido.

—¿Oliver…?

—¿Eh? —Sacude la cabeza.

—¿Pasa algo?

—No, continuemos…

Segunda parte

En un lugar oculto dentro del mundo de las sombras, también llamado mundo mágico, donde los mágicos pasan la mayor parte de su tiempo. En un lugar donde solo los que andan por el camino del mal, la ciudad de los brujos en medio del bosque sangriento. El salón está a oscuras, lo único que emana luz es un espejo que tiene una forma muy peculiar: es ovalado, hecho de metal oscuro, con cráneos de cabras y caras gritando como decoración en su marco; en la parte superior hay un rubí que sangra por todo el espejo tanto marco como vidrio.

—Ya es hora de comenzar, no hay tiempo que perder —La voz ronca y agitada desde el otro lado resuena por el lugar como una bocina a máxima potencia. La voz del ser maligno podría estremecer hasta a la persona más fuerte y valiente del mundo. La voz de un demonio poderoso, egocéntrico y ahora también furioso.

—Sí, mi señor —Se limita a decir el hombre, que al igual que el resto de personas en el lugar lleva la túnica de color negro que solo deja ver su boca.

—Quiero que busques los fragmentos de la piedra y a esa maldita mocosa ¡quiero matarla con mis propias manos!

—¿Cómo haré eso, señor?

—Solo tienes que encontrar a la chica y obligarla a que te lleve a ellos, córtale las manos si es necesario pero no la mates, eso me corresponde a mí —El espejo comienza a brillar aún más, no porque alguna luz se reflejara o saliera del otro lado sino porque la furia del ser que habla se manifiesta en un calor que puede viajar entre dimensiones.

—Entendido, mi señor. Yo me encargaré.

—Eso espero —La transmisión del ser desaparece, haciendo que la luz del espejo se desvanezca. El hombre que estaba hablando con el demonio chasquea sus dedos y de inmediato se encienden las luces del lugar. Detrás de él hay un ejercicio de brujos, personas tan corrompidas por la maldad que casi no se podrían llamar humanos.

—¡Ya escucharon al amo! ¡Que comience el operativo de encontrar a esa niña y de apoderarse del mundo! —Se llena de euforia y levanta sus manos a la vez que grita recibiendo un «¡Sí!» por parte de todas la personas frente a él. Una sonrisa de oreja a oreja se dibuja en el hombre, quien ha esperado por mucho este momento: desde que fue privado de su derecho en el consejo, desde que destruyeron su laboratorio mágico impidieron que mostrara que la magia negra se puede usar para ayudar al mundo mágico. Pero el bien del mundo ya no le importa, solo quiere venganza, no importa los medios que tenga que utilizar, él matará a cada uno de sus antiguos miembros de equipo, incluso ya ha matado a uno y es cuestión de tiempo para que el resto se descuide y cuando eso sucede los hará sufrir...

Está caminando por un pasillo familiar: es el pasillo de su casa, pero todo está viejo, las paredes con la pintura rasgada, los muebles con las maderas podridas y partes de metal oxidados, los azulejos del piso algunos rotos, otros fuera de su lugar y otros simplemente ya no existen. Es como ver la escena de una película de terror, donde la víctima se mete a un lugar sin la presencia de almas y de repente un monstruo lo ataca.

—¿Qué está...?

—¿Cómo estás, Oliver?

Una voz detrás de él llama su atención, la misma emana una oscuridad intensa. Oliver no puede evitar ponerse nervioso y temblar como un niño que acaba de ver una película de terror. Se voltea lentamente para ver quién es el dueño de esa voz familiar. Jura haberla escuchado antes, solo que esta vez tiene un tono maligno. Frente a él hay un chico que ronda los dieciséis años, cabello gris ceniza, con iris rojo sangre y pupilas blancas, con las venas dilatadas, sus ojos están rodeados por algo negro. Su piel es tan pálida que deja ver venas y arterias, es como ver un muerto que viste una gabardina negra y tiene mirada de psicópata.

—¿Quién eres? —La voz asustada del joven se entrecorta ante la escena. Nunca había visto a esta persona... ¿O si? «¿Soy... yo?»

—*Soy tu... O mejor dicho lo peor de ti... tus males, tu lado oscuro que se esconden detrás de tu falsa bondad, soy lo que está detrás de tu careta de chico bueno* —El pálido se acerca a Oliver y comienza a dar vueltas alrededor de él causando nervios en el muchacho.

—*Pero eso no importa, lo que importa es que cuando te debilites y la oscuridad de tu interior comience a escapar... yo tomaré el control...*

—*¿El control...?*

—*Adiós Oliver...*

De repente una luz comienza a cegar al joven y una voz a lo lejos aumenta su volumen...

—Onii despierta, vas a llevar tarde a clases... ¡Onii! —Sobre Oliver se encuentra una niña de cabello fucsia que sacude como loca al pobre adolescente.

—¡Ay! —Exclama el joven al recibir una cálida bofetada de buenos días.

La imagen se aclara y Oliver puede a la autora del golpe, cruzada de brazos con expresión de enojo.

—Hasta que despiertas… —Habla como una madre que regaña a su hijo que acaba de meter la pata.

—¿Ada? ¿Qué haces aquí? ¿Y por qué estás sobre mi estómago? —El chico se sienta en la cama mientras se quita las lagañas de los ojos.

—Eso no importa, lo que importa es que te atrasaste una hora y vas a llevar tarde a clases.

Oliver mira a su lado y toma su celular para ver la hora «7:23 a.m.»

—¡Maldición! —Grita y salta de la cama al punto de hacer volar sábanas y hermana en el proceso. Corre en dirección a su closet para buscar la ropa y su indispensable sudadera negra; sin perder un minuto, comienza a quitarse la ropa pero es detenido por un grito «¡Onii todavía estoy aquí!». Gira para ver a su hermana tirada en el suelo con el rostro tapado con las manos pero aun así se puede ver un poco de su rostro ruborizado y los ojos entre el espacio entre sus dedos.

cama

—¿Puedes salir, por favor?—Pide el joven, un tanto rojo, al igual que su hermana.

La niña se levanta lentamente y dice:

—Tu herida está sangrando... —Señala con su dedo y sale rápidamente, cerrando la puerta tras sí.

El joven suelta un suspiro bajando la cabeza. Mira su brazo izquierdo, las vendas ya no son blancas sino totalmente rojas. Sale disparado con su ropa y un par de vendas limpias en dirección al baño. Entra y se saca lentamente las que tenía y puede sentir que están viscosas por el líquido que escapó de su brazo.

—¿En qué momento salió tanta? ¿Acaso Ada me pisó el brazo mientras estaba dormido? ¿Y qué hacía ella sobre mí? No sé para qué le dije que se fuera si terminé viniendo al baño… —Comienza a preguntarse y a desvariar un poco mientras saca el alcohol del cajón al lado del lavatorio y comienza a limpiar la herida dejando escapar unos gemidos por el ardor.

—Qué raro…

Mira confuso la mordida en su brazo y nota que ha sanado a la mitad. «Esto no es normal, es la segunda vez que me pasa» piensa pero se vuelve a concentrar y venda nuevamente la herida, termina de vestir y sale del baño. Cruza nuevamente por el pasillo de arriba, pasando frente a la puerta de su hermano mayor pero está cerrada, lo que también es raro. Baja rápidamente las escaleras, toma su mochila de la cocina y es intervenido por su madre:

—¿No piensas desayunar?

—Lo siento mamá, llego tarde... —Responde

y sale corriendo hacia la salida de su casa. Saca las cadenas de su bicicleta y se dirige lo más rápido que puede hacia su colegio.

—Maldición, ¿cómo pude haberme dormido?

«Yo tomaré el control». Esas palabras, junto a la imagen del muchacho de su sueño aparecen de repente en la mente de Oliver «¿Quién será? ¿Realmente era yo? ¿A qué se refería?»

—¿Tendré que comentarles a mis amigos?

Guarda silencio y mientras sigue sumergido en sus pensamientos ha llegado a su colegio, deja con cadena la bicicleta corre a la entrada.

—¡Espere, don Juan! —Grita al hombre canoso con barba que está cerrando la puerta.

—Oliver Brown, es raro verte llegar tarde —Suelta una pequeña risa mientras abre nuevamente la puerta para que el joven pase. El muchacho pasa corriendo mientras suelta un «Muchas gracias» entre el aire que toma al correr. Se mueve a la velocidad del viento por los pasillos del lugar hasta que por fin llega a su salón de clases, frena en seco para recobrar aire y peinarse antes de entrar.

—Joven Brown, ¿estas son horas de llegar? —La mujer de caderas anchas con camisa blanca, zapatos y pantalón de vestir de color rosa al igual que sus gafas y sus rizos castaños se inclinan a la derecha para ver al chico que acaba de entrar.

—¡Vicedirectora Roxana! disculpe me dormí —Responde mientras se introduce en el aula.

—Oliver ¿Qué pasó que llegas tan tarde? —Michel es el primero en iniciar el cuestionario.

—Me dormí…

—¿Tanto? —Edd agrega otra pregunta.

—Sí, no sé qué pasó pero me dormí mucho —Hace una pausa —Tengo algo que contarles...

—¡Brown y compañía guarden silencio! —Resuena la voz de la profesora que escribe en la pizarra.

—Se los cuento en el almuerzo... —Susurra él, bajando la cabeza.

—Y eso fue lo que soñé...—Termina de narrar el sueño a sus compañeros que ahora están comiendo las porciones de pizza que Oliver tuvo que pagar.

—Que sueño tan extraño —Michel reflexiona con un dedo en la barbilla.

—Michel tiene razón… —Agrega Edd.

—Ara, ara, qué sueños más raros tienes, niño —Alexa se había colado en la mesa de los chicos para controlar que no soltaran información pero más parece que lo hizo para molestar a Oliver.

—¿Sabes qué también es raro? Que tu estés aquí —Oliver mientras toma sorbos de su refresco, cuestionando la presencia de la chica.

—Qué malo eres, niño…

—No es mi intención ofenderte, sino que es incómodo que todos nos estén mirando porque hay una chica linda almorzando con nosotros —Responde mirando detrás de Alexa, donde se puede ver un par de ojos clavados en él.

—¿Te parezco linda, niño? —Alexa se muerde los labios para provocar al chico frente ella.

Oliver, ahora como un tomate, traga saliva y desvía la mirada.

—¿Alguna otra cosa que quieras decirnos? —

Michel toma la palabra para quitar el ambiente incomodo que se está formando en la mesa.

—Sí —Aclara su garganta —Dos cosas más: la primera es que el chico del sueño se parecía a mí y la segunda es que cuando limpié la herida vi que otra vez ha sanado demasiado rápido —Agrega, mirando su brazo izquierdo.

—Seguramente es porque estás recobrando tus poderes —Explica Alexa con tono gentil.

—¿Recobrar?

—Sí, ya que no estás tomando las píldoras para retenerlos es normal que comiencen a volver.

—Ya veo... —Se limita a decir el joven —. ¿Pero la regeneración rápida es algún tipo de poder mágico?

—No lo es, eso es imposible para un mágico a menos que sepa como concentrar su mana en la herida.

—¿Entonces?

—Quizás, como es de manera inconsciente, tengas sangre kinetica corriendo en tus venas…

—¿Eso es normal?

—Claro que no, es por eso que nos pidieron monitorearte.

—Ya veo…

—¿Y qué hay del chico del sueño? —Pregunta Edd.

—No lo sé —Alexa levanta las manos gesticulando su respuesta —Más tarde les contaré a Ely y a Steph.

Los chicos continúan comiendo ya que casi acaba la hora del almuerzo, pero esas palabras quedan rondando la cabeza de Oliver «Estás recobrando tus poderes» ¿Poderes kineticos? ¿Por qué tendría tal cosa? Sea lo que sea tendrá que esperar para saber más sobre el tema.

Habiendo salido de clases Oliver junto a Alexa, Michel y Edd, van a casa de Stephannye, quien había salido antes junto a Eliza porque tenía que preparar algo. «Supongo que será algún tema de estudio o ejercicio que me dejarán sin aire», piensa el muchacho de la mordida.

—Muy bien, creo que esto bastará —Habla Stephannye entrando a la habitación con un par de libros de la misma apariencia.

—¿Para qué es eso? —Pregunta Oliver, incrédulo.

—¿Para qué más? Para leer.

El muchacho suelta una risa de vergüenza mientras toma un libro y cierra los ojos.

—¿Alexa les contó sobre lo de Oliver? —Michel toma la palabra.

—Lo hizo y no sé qué tiene de especial, pero mi opinión es la misma de ella.

—Típico de oxigenadas... —Suelta el moreno cruzando los brazos.

—¿Qué acabas de decir, híbrido pasado de gestación?

—¡Qué eso es algo típico de oxigenadas sin cerebro!

—¡Pero soy la mejor estudiante del curso en todas las materias!

—¡Y también eres la más sobrevalorada, pelo de paja!

—Ustedes dos... —Una voz robótica suena al

lado de los jóvenes que están discutiendo como niños de primaria—. Compórtense conforme a su edad, no vinimos a discutir por estupideces, vinimos a prepararlos ¿Entendido? —Una mirada sombría que deja ver una pequeña parte de uno de los ojos de Eliza, de un tono carmesí, hace templar al moreno y a la chica rubia. Tragan saliva por los nervios y solo pueden responder con un «Sí» a la par mientras toman asiento.

—Lo que dijo mi hermana es verdad, posiblemente tienes poderes kinéticos curativos y por eso tu herida sanó tan rápido —Eliza vuelve a ponerse de manera que ninguno de sus ojos se puede ver. Dirige su mira a Oliver.

—Respecto a lo de tu sueño... nuestra magia no es tan fuerte como el de un "Visión" como para saber su significado.

—¿Visión? ¿Cómo esas que se tiene cuando tiene algún poder sobrenatural y tocas alguien y ves su futuro? —Ahora es Edd quien habla.

—Está relacionado, déjame que te explique con imágenes —Responde Eliza y tras una pausa frota sus puños y los golpea levemente; de repente, unos guantes de color blanco aparecen de la nada en sus manos, son sus Magtus. El trío abre los ojos como platos y sueltan un «Wow» a la vez.

—¡Increíble! ¡Sé que nosotros también lo podemos hacer, pero cuando Ellie lo hace se ve genial! —Edd se pone de pie y se dirige a Eliza para contemplar los guantes. Alexa y Stephannye sueltan un suspiro de sorpresa ante la acción de Edd. El muchacho se voltea mientras sostiene las manos de Eliza.

—¿Qué sucede? —Pregunta.

—Edd —La voz de Eliza llama al chico—. Esta vez te perdonaré porque no lo sabes, pero no me gusta que los chicos me toquen.

—¡Lo siento, Ellie! —Grita el chico soltando sus manos y arrodillándose como si pidiera piedad frente un rey medieval.

—¿Ya le puso apodos a ella también? —Susurra Michel a su amigo Oliver.

—Parece...—Responde el muchacho.

Eliza aclara su garganta y vuelve a su postura normal.

—Como les decía… —De sus manos sale una esfera blanca que va creciendo hasta cubrirlas y el trío abre los ojos iluminados como niños que ven por primera vez una estatua de su personaje de caricaturas favorito—. En el mundo existen cinco tipos magias; blanca, negra, gris, morada y roja, las tres principales son la magia blanca, la magia negra y la magia neutra.

Tres esferas de menor tamaño flotan ahora sobre las de sus manos y la primera a la derecha es de blanco puro, la del medio es gris como el pelo de Eliza y la última es de un negro tan profundo que no parece entrar luz en ella; cada cual emana un aura de su mismo color.

—La magia blanca es la que usamos la mayoría de los magos, la negra es utilizada por brujos y la neutra —Al pronunciar estas últimas palabras, las esferas de color blanco y negro toman la forma de personas meditando mientras que la gris se aplana aparentando un suelo redondo de color grisáceo— es la más difícil de conseguir, pues el mago debe manejar magias opuestas y tener un balance perfecto de ellas.

Las pequeñas personitas que meditan sobre sus manos se acercan una a la otra formando una sola persona cuya mitad izquierda es negra y la derecha es blanca. Esto dura unos segundos y la ilusión de dos colores se vuelve de gris ceniza.

—Al conseguir esto, al usuario se le concede el poder de entender sueños, tener visiones y aún hablar con seres en otro plano —Concluye su explicación encerrando lo que estaba flotando junto con las esferas blancas de sus manos.

—Ya veo… —Responde Edd con sus dedos en su barbilla y sus compañeros varones hacen un «Jumuh, jumuh» con sus bocas estando en la misma posición que el primero.

—Bueno continuemos con lo de hoy —Interrumpe Stephannye tomando un libro —Abran sus libros en la...

«¡PUM! ¡CRASH!» Varios golpes repentinos hace templar el suelo lo suficiente para que los chicos lo sientan.

—¿Qué fue eso?

Después de esa pregunta por parte de Oliver todos quedan en silencio, prestando atención a lo que pudiera ocurrir. De repente se comienza a escuchar gente gritando desesperada junto con sus pasos y vehículos a toda velocidad.

—Señorita Stephannye, creo que les interesará lo que está ocurriendo afuera —Alfred abre la puerta con delicadeza y habla con calma.

Los adolescentes salen rápidamente de la sala

pasando por la entrada y camino al portón, que se encuentra parcialmente abierto.

—¿Qué diablos es eso? —Pregunta Edd mirando fijamente la escena.

La poca gente que faltaba huir lo está haciendo. De la gran sombra de un edificio un brazo gigante de color verde moco está saliendo.

—¿Un troll? —Pregunta Alexa, extrañada.

—Eso es imposible, los troll no pueden estar en medio del día, pues la luz del sol los vuelve piedra, además ¿Cómo entró el mundo normal? —Habla Eliza.

La criatura termina de salir de la sombra: mide entre cinco y seis metros de alto y cuatro de ancho, su piel verde moco con algunos vellos en su cuerpo refleja la luz solar debido a una especie de mucosidad que lo cubre. Solo lleva un taparrabos, tiene una nariz enorme y sus ojos son de un negro profundo que emana aura de color morado, tiene un árbol como arma.

—Ese no es un troll normal... —Susurra Stephannye.

—¿Qué hacemos Steph? —Pregunta Alexa sonriente, sabiendo cual va a ser la respuesta de su amiga.

—Pues... no veo a ningún mago de rango II aquí, así que supongo que nosotras nos tendremos que encargar.

—Genial —Habla como robot Eliza a la izquierda de Stephannye.

—Ustedes quédense atrás —Habla Alexa al trío de muchachos que retrocede hasta la puerta del hogar de la chica rubia.

Seguido de esto, Alexa y Stephannye repiten la acción que Eliza había hecho en la sala de estar haciendo aparecer los guantes mágicos de color blanco. El trío femenino se pone en pose de batalla, ponen sus brazos izquierdos al frente, dejando expuesta una pulsera metálica que solo tiene un botón dorando en medio. Pulsan el botón y adoptan una pose como los *power rangers*; Stephannye en medio con su espalda hacia Eliza, Alexa inclinando su cadera hacia Stephannye y con su brazo izquierdo extendido como si sostuviera algo, y por último Eliza en la misma pose que su hermana pero opuesta, haciendo los mismos gestos pero con su lado derecho.

De repente sus cuerpos son cubiertos por una luz que transforma sus ropas en su uniforme de magos: zapatos de vestir blancos, jeans negros, camisa blanca con chaleco negro pegado al cuerpo, el cabello suelto de Stephannye se vuelve una trenza mientras que su flequillo a la derecha sigue igual, el de Alexa toma la forma de dos coletas a los lados y su flequillo que antes tapaba su ojo derecho se vuelve cuadrado, mostrando su extraños ojos grises con cuatro esferas del mismo color en los puntos cardinales alrededor de su pupila. Mientras que el cabello corto de Eliza sigue igual.

—Parecen camareras... —Habla Michel a sus amigos.

Mientras el moreno critica a las jóvenes, una pistola antigua de tubo largo color negro con detalles de oro en forma de flor de lis a los lados y una gema blanca en la derecha de su mango aparece en la mano izquierda de Alexa, su opuesta de tubo corto de color gris y detalles en plata y la gema blanca en la parte izquierda del mango aparece en la mano derecha de Eliza. Mientras que Stephannye levanta su mano derecha y un hacha de guerra danesa color plata con su filo de un lado y con una flor de lis a los lados con una gema blanca en medio. Su mango mide un metro y es completamente recto. La toma y la apoya sobre su hombro derecho.

—Camareras súper poderosas... —Corrige Edd.

—¿Listas chicas? —Habla Stephannye sonriente.

—¡Sí! —Responden las hermanas a la par.

El trío sale disparado en dirección al troll con un grito de guerra, cada una con su respectiva forma de hablar. La criatura, al percatarse del ataque, pega un gruñido levantando el árbol y da un golpe en el suelo haciendo dividir a sus atacantes.

—¡A sus brazos! —Ordena Stephannye.

Las hermanas se corren cada una a un lado, Eliza a la izquierda y Alexa a la derecha, disparando a las extremidades superiores de la criatura. El monstruo pega alaridos de dolor y agita el árbol de lado a lado bloqueando algunas balas que recibe de parte de las Black. Stephannye, que ahora llego hasta detrás del troll, pega un salto y corta la parte trasera de la rodilla izquierda del mismo, haciéndolo quejarse. El gigante comienza a golpear con el árbol, que perdió varias de sus hojas y ramas debido al ataque de las hermanas Black, intenta golpear a la muchacha rubia detrás de él.

—¡No te olvides de nosotras! —Grita Alexa mientras dispara al ojo derecho del monstruo.

«¡Ahhh!» Grita el troll soltando el árbol para llevar las manos al ojo herido.

—¡Mi hacha será el sol que te mate! —La joven de pelo rubio que ahora está en los aires da una vuelta en el mismo y de un golpe certero parte la cabeza de la criatura en dos. El cuerpo ahora sin vida del troll cae hacia adelante haciendo evidente la victoria de las chicas.

—Eso fue fácil —Habla Alexa que camina

hacia Stephannye.

—Sí, bastante fácil —Agrega Stephannye.

—Concuerdo —Habla Eliza.

—¡Wow! —Gritan a la par el trío de chicos que llega corriendo a la posición de las damas.

—¡Eso fue increíble, las armas, la distancia, la frase final, todo! —Exclama Michel con los ojos brillantes al igual que Oliver y Edd.

—¿Conque te gustó mi frase? —Pregunta Stephannye con mirada y tono de superioridad y satisfacción.

—Un poco —Responde el moreno cruzando los brazos y mirando para otro lado avergonzado.

—Todavía no terminamos… —Interrumpe Eliza señalando la misma sombra de donde salió el troll corrupto. Una mano de un ser similar comienza a salir.

—Parece que tendremos que ir al mundo de las sombras… —Stephannye piensa un momento — Está bien, iremos y ustedes también lo harán — Señala al trío.

—¿Nosotros? —Pregunta Oliver.

—Sí.

Rápidamente los seis corren a la sombra del edificio y de un corte la muchacha rubia corta la mano del troll. «¡Vamos!» ordena y de repente la sombra envuelve a todos los adolescentes.

—¿Pero qué…? —La vista de Oliver se oscurece por unos segundos y unas inmensas ganas de vomitar lo invaden.

Aparecen en un frondoso bosque, pero eso no les importa al trío de varones que corren a vomitar detrás de un árbol.

—Ara, ara… nos olvidamos que eso pasaría.

—Tienen que acostumbrarse.

—Concuerdo.

—Lo más importante… —Stephannye voltea a ver un grupo de troll —Estos parecen normales…

—Ara, ara, eso es curioso.

—¿Obra de brujos? —Eliza mira a sus alrededores —Hay alguien cerca…

—Estén atentas, pero primero hay que acabar con estas cosas —Stephannye se pone el pose de batalla al igual que las hermanas Black y se lanzan al combate.

Mientras tanto el trio de chicos recupera la compostura.

—Dios… hace mucho que no vomito así… —Oliver apoyándose en un árbol se agarra la barriga.

—Yo tampoco…

—Ni yo…

El pelicafé dirige su mirada hacía las chicas que están eliminando al grupo de monstruos.

—Eso tendremos que hacer cuando terminemos nuestro entrenamiento… —Habla Edd.

—Sí.

—Cielos… yo la tendré difícil… —Michel se apoya en Oliver.

—¿Y por qué esperar? —Una voz masculina resuena desde las copas de los árboles.

—¿Pero qué…?

—¿Eh?

—¡Allí arriba! —El moreno señala la cima de un árbol.

Una extraña figura de una persona encapuchada con lo que parece ser una túnica de un culto está observando a los adolescentes.

—¡Allí voy! —Grita y pega un salto. Como una bala cae a la velocidad del sonido y deja un cráter en el suelo.

Mientras el polvo se disipa, la figura masculina del tipo de hace unos instante comienza a acercarse.

—¿Quién eres? —Pregunta Oliver.

—¿Eso importa? —Levanta la mirada, sus ojos color sangre penetran hasta lo más profundo de los chicos dejándolos petrificados —¿Ara? —En un parpadeo esta frente a Oliver.

—¿Eh?

—¿Eres un Brown? Te vez igual a las fotos de Patrick Brown cuando era joven.

—Es mi padre… —Oliver comienza a temblar mientras suda en frío.

—¡Maravilloso! —El sujeto da una vuelta y grita como un loco pero a la vez refinado —A padre le gustará esto… vendrás con…

De repente pega un salto para esquivar el ataque de Stephennye.

—¿La chica Kings? ¡Estupendo!

—¿Y este quién es? —Pregunta la rubia.

—No lo sé, simplemente apareció… —Responde Oliver.

—Es la presencia que sentía —Agrega Eliza.

—¡Jojojo! ¡Y las traidoras de las Black! ¡Pero qué maravillosa sorpresa! —El sujeto frenético no deja de retorcerse de la emoción —¡Wuoh! —Esquiva el balazo de Eliza —Supongo que me retiraré por ahora.

Como un saltamontes pega un brinco y

desaparece en medio de las copas de los árboles.

—Qué tipo más raro… ¿Sabe quién soy…?

—La próxima no sean tan cobardes —Los reprende Stephennye —Ahora volvamos.

Regresan al mundo normal y el trío de adolescentes vuelve a vomitar.

—No creo poder acostumbrarme a esto… —Se queja Oliver.

—Tendrás que hacerlo —La rubia como siempre cortante.

—Bien hecho, equipo Flor de Lis —Una voz masculina acompañada con el sonido de zapatos interrumpe la charla. Un hombre saliendo de las sombras camina en dirección hacia el grupo: su cabello rubio se mueve con el viento, su piel blanca y ojos azules brillan con la luz del sol y viste un traje de gala.

—Jefe... —Dice por la bajo la chica rubia, haciendo desaparecer su arma al igual que las otras dos chicas.

—Sin embargo, esa no es la misión de magos de rango I —Agrega el hombre que termina de llegar a los adolescentes.

—Jefe, ningún mago de rango II se presentó, por lo que mi equipo y yo tuvimos que encargarnos —Responde Stephannye como un soldado.

—Lo sé, maga Kings, lo vi todo. Supongo que esta vez lo dejaré pasar —El hombre chasquea los dedos y de la misma sombra de donde el salió sale un grupo de cinco chicos que corren y se ponen alrededor del cuerpo del troll y hacen movimientos con sus manos en el aire: una luz aparece sobre la criatura muerta y como una aspiradora absorbe el cuerpo, los restos del árbol hasta la sangre del suelo.

—Esta vez el grupo hará el trabajo de ustedes tres —Agrega el rubio señalando al grupo de cinco chicos.

—Jefe, ese troll no era normal, medía el doble de lo estándar y estaba a plena luz del sol. Debió estar embrujado, es como hace diez años, hay que tener cuidado con...

—Ya lo sé, maga Kings —La interrumpe el hombre con tono serio —Ustedes deben ser los nuevos; espero que estén al nivel, tengo fe en ustedes, muchachos —El rubio se voltea y camina en dirección hacia una sombra cercana —Sobre todo en ustedes, joven Brown —Agrega y luego desaparece en las sombras junto al grupo de chicos que llego con él.

—¿Soy yo o ese hombre se parece a Stephannye? —Habla Edd, mirando la sombra donde estaba el hombre.

—Es porque es su padre —Responde Alexa.

—Ya veo...

—Como sea, volvamos a sus estudios —Habla Stephannye molesta comenzando a caminar hacia su hogar.

—Estoy de acuerdo —Habla Oliver temblando ya que es el único que salió sin abrigo.

—¿No les molesta ese vestuario a la hora de correr? —Pregunta Michel.

—Es ropa mágica, más cómoda y resistente de lo que parece —Explica Eliza mientras caminan.

Oliver mira nuevamente la sombra "Sobre todo en ustedes, joven Brown" y por alguna extraña razón el presentimiento de que su vida de ahora en adelante no será nada fácil inundado su cabeza.

Tercera parte
Fragmento del pasado

El ambiente es cubierto por los gritos de desesperación y dolor de varias personas que vivían en este lugar, cuerpos de personas que solían estar vivas yacen tiradas en el suelo, varios de ellos estar partidos a la mitad o les falta alguna extremidad, su sangre tiñe el suelo, el fuego ilumina la noche mientras consume los restos de casas y algunas personas que todavía siguen con vida. No estaban listos, son simples ciudadanos mágicos, no saben usar magia militar, solo una familia sabe usarla pero ni siquiera ellos vieron venir el ataque. Las criaturas de más de cinco metros, con piel verde y viscosa, continúan atacando a los móviles, los agarran y golpean contra el suelo o cualquier objeto lo suficientemente duro como para hacerlos gritar por dolor y clamar por piedad.

—¿Qué es esto...?

El hombre que acaba de llegar frena en seco al ver la escena. Viste el traje militar al igual que sus magtus.

—Mi familia...

Sacude su cabeza para salir del estado de shock y reanuda su corrida hacia el interior de las llamas. Pero es interceptado por un grupo de esas cosas, sacuden sus mazos de madera esparciendo las vísceras y sangre de lo que solían ser personas indefensas.

—¿Qué demonios son ustedes? —Pregunta

un tanto asustado pero su voz más deja notar su furia ante la escena. «¿Quién ordenaría un ataque tan despiadado y a sangre fría contra simples civiles?» Las criaturas muestran una sonrisa macabra como diciendo «Ahora sigues tú» y levantan sus mazos para comenzar a correr en su dirección y atacar al hombre. Este último comienza a pegar saltos para esquivar los golpes y retrocede unos metros debido a las bestias que lo atacan.

—¡No tengo tiempo para esto! —Grita molesto, poniéndose firme.

Con los puños cerrados forma una cruz con sus brazos en dirección a los monstruos cubiertos de sangre y mucosidad; de repente un pentagrama de fuego se dibuja bajo él.

—Que todo el daño que han causado les regrese ¡sean sentenciados! —Exclama y extiende sus brazos con las palmas abiertas contra el monstruo. Su aura blanca se hace presente alrededor de su cuerpo para cargar poder y de sus manos sale un ataque de energía blanca que se va incrementando mientras más se extiende en dirección de las criaturas, hasta incluso llega a apagar las llamas que están cerca, cuando llega a la altura de estos la energía consume a cada una de ellos. Ahora en su lugar solo queda polvo y humo. — Muy bien— Habla para sí.

—¡Mami! —Una voz de una niña se escucha detrás de las llamas que están más lejos a su izquierda, pero es una voz conocida... es la voz de su hija.

—¡Hija! —Grita el hombre y sale disparado a las llamas cruzándolas de un salto.

Detrás de ella se pueden ver tres figuras.

—Llegas tarde... —Recalca la voz de un hombre con una túnica que solo deja ver su boca.

El hombre tiene en el aire a una mujer del cuello con su mano derecha, mientras que su otra mano se encuentra atravesando el abdomen de ésta.

—No...

—¿Sabes? Un ataque repentino fue la mejor idea, ya que todo dormían y tú no estabas... —El de la túnica arroja a la mujer cerca del mago.

—Ahora sigue tu hija... —Susurra mostrando su malévola sonrisa de oreja a oreja.

—¡No te lo permitiré! —Grita y se lanza al ataque.

El sujeto de la túnica de un brinco esquiva fácilmente al enfurecido hombre.

—¡Toma esto! —Grita y repite el mismo proceso que había usado con los troll —¡Que todo el daño que has causado te regrese, sentenciado! — Realiza el ataque.

—Siempre tan impulsivo... —Habla el de la túnica.

El sujeto misterioso extiende su mano derecha en dirección a la onda de energía que se dirige a él y un pentagrama de fuego se dibuja bajo él.

—Que la oscuridad te consuma, sufre hasta quedar sin vida —Su malévola aura negra se hace presente para cargar su ataque y dispara.

Ambas ondas de energía chocan formando una esfera en medio del impacto. Los sujetos utilizan sus fuerzas para que su ataque prevalezca hasta que el de la túnica habla.

—*Vamos ríndete* —Extiende su mano izquierda y de ella sale energía al igual que de su otra mano, su ataque se carga más y supera al de su adversario.

El sujeto bueno queda postrado en el suelo, su vestimenta que era tan resistente ahora se encuentra quemada y en mayor parte destruida.

—*¿Quién eres...?* —Pregunta, escupiendo sangre entre cada palabra.

El sujeto lentamente comienza a reír aumentando de a poco su volumen hasta terminar en carcajadas de un villano.

—*Mejor dejamos esto para otro día* —Habla después de terminar su risa.

Se da la vuelta y chasquea sus dedos. De repente, el resto de las criaturas que estaban por ahí corren tras el encapuchado y desaparecen en una sombra.

—*Mami, no te vayas...* —La voz ahogada por el llanto de la niña llama la atención del hombre mal herido que se comienza a dirigir a su posición.

—*Cielo, tranquila, usaré un conjuro cantado de salvación* —Habla el hombre a la mujer agonizante que está en el suelo.

—*En ese estado no podrás, morirás también* —Responde la mujer de cabello blanco entre bocanadas de sangre.

—*Pero...*

—*Prométeme que cuidarás a nuestra hija...*

El hombre comienza a llorar tomando la mano de su mujer y responde «Lo prometo...»

La mujer sonríe y toma de las manos a su hija para recitar algo «Que mi poder sea tuyo, para que *tu luches donde yo huyo»; un pentagrama, como los que se habían manifestado en el combate anterior aparece bajo la mujer y su hija. El aura de la moribunda se hace visible y se pasa a su hija de catorce años la cual al recibirla cae desmayada. Con sus últimas fuerzas la mujer atrae a su hija inconsciente y le da un beso de despedida en la frente.*

—Los... amo... —Suspira y se derrumba en el suelo.

El hombre de rodillas junto al cadáver lo toma en sus brazos para romper en un profundo llanto...

Cuarta parte

Es un sábado, el trío de chicos se encuentra en casa de la apuesta y talentosa Stephannye Kings, pero esta vez no están entrenando sino compartiendo la tarde de invierno como un grupo de amigos. Dejaron sus abrigos colgados en el perchero que se encuentra junto a la entrada de la mansión. La muchacha rubia no estaba de acuerdo con realizar dicha actividad, pero lo habían puesto a votación y se ganó cuatro a dos, los únicos que se negaban eran Stephannye y Michel. No tienen que preocuparse por el frío, ya que la calefacción del lugar los protege.

—Ara, ara, ya no puedo comer más... —Alexa se tumba en el sofá entre sus dos amigas y comienza a frotar su panza que ahora se encuentra hinchada.

—No sabía que comías tanto... —Habla

Oliver rascándose la cabeza con una gota de sudor simbolizando su asombro.

—Por supuesto ¿De dónde crees que salen estos? —Responde tocando sus pechos y sacando la lengua sin vergüenza.

El muchacho ante tal comentario suelta una risa tímida.

—Steph, Mich, deberían comer algo —Agrega Alexa mirando al par que se encuentra con cara de ogro tecleando en sus celulares.

—No —Responden a la par.

—Vamos Michel, esto no es divertido si ustedes están sentado sin socializar. Necesitamos un poco de humor negro —Habla Edd con tono pícaro haciendo referencia al color de piel de su amigo.

Stephannye, detrás de su celular, comienza a mover los labios intentando contener la risa.

—¡Ah! —Exclama el moreno—. Si tanto me necesitan…

Está acostumbrado que en su trío se hagan burlas de ese tipo, por lo cual acepta tales bromas por parte de Edd y Oliver.

—Hermana, creo que es hora de que realicemos ese juego —Sugiere Eliza con su tono robótico.

—Yo también ¡Yuph! —Responde Alexa y se pone de pie.

—¿Qué juego? —Stephannye levantando una ceja y corre su celular de frente a su cara.

—Las escondidas.

—¿No estamos un poco grandes para eso? —Pregunta el moreno de la sala.

—Por eso lo podremos más interesante, la

persona que sea encontrada recibirá un castigo que decidirá su descubridor.

—Nos dividiremos y tres personas tendrán que buscar a las otras tres —Agrega Eliza —Para eso haremos un sorteo.

Alexa se acerca a la mesa, toma un papel y bolígrafo, y comienza a escribir los nombres de las personas presentes para luego cortar el papel. Vuelve pelotita los nombres, los pone en sus manos y las sacude. Eliza se acerca y saca el primer papel.

—Alexa tendrá que buscar a... Michel.

Repite los pasos y esta vez quedando: Edd busca a Eliza y Stephannye busca a Oliver.

—¿Qué? ¿Por qué me toca con el híbrido?

La chica rubia protesta ante los resultados, apenas soporta estar en la misma habitación que ese híbrido. ¿Y ahora tiene que buscarlo? Ni que fuera el amor de su vida. «¡Espera Stephannye!». Su propia voz resuena en su cabeza: «si lo encuentras, podrás ponerle el castigo que quieras, entonces lo harás sufrir al punto que no querrá volver a entrar a tu casa y ya no tendrás que entrenarlo» agrega su subconsciente con tono malevo.

—Es verdad... —Susurra para sí—. ¡No hay problema! —Agrega sonriente, cambiando de opinión.

Los demás miran incómodos ante la sonrisa macabra de Stephannye.

—Muy bien, Michel, Oliver y yo tenemos cinco minutos para escondernos —Habla Eliza.

El trío que tiene que ocultarse sale de la habitación y cada cual toma caminos separados. Eliza corre a las escaleras que se encuentran cerca de la entrada principal, las que llevan a la planta superior: el sonido de sus zapatos anuncian que irá por el pasillo izquierdo, directo a la habitación de Stephannye. Abre rápidamente la puerta y luego la cierra tras sí. «Aquí será un buen lugar» piensa y se dirige al closet de su amiga rubia. Lo abre y ve las cosas que hay dentro, desde vestidos hasta pijamas, cajones con ropa interior, zapatillas y zapatos en estantes, prácticamente es una habitación dentro del cuarto de Stephannye. Analiza el lugar unos momentos y ve su escondite perfecto. En una esquina están los peluches de la infancia, osos de peluche, almohadones con cara de personajes animados, etc. Con pasos rápidos se lanza entre los peluches y se esconde bajo ellos.

—Supongo que estará por aquí —Habla para si el muchacho de tez mestiza y cabello oscuro.

Siempre es subestimado al ser el más perezoso de su trío, pues se la pasa evitando los esfuerzos lo que a veces lo hace parecer tonto; pero no lo es, tiene una gran percepción quizás no tanto como Michel pero si más que Oliver. Puede ser que sea un poco arrebatado y torpe pero no es un tonto como todos piensan. Camina por la parte superior del lugar, haciendo memoria de por dónde escuchó los pasos de la persona que busca, no la podía confundir es la única que trajo zapatos. Frena lentamente al percatarse que la luz de una habitación está encendida y se puede ver en el pequeño espacio entre el suelo y la puerta. La abre y comienza a inspeccionar el lugar. Parece ser la habitación de Stephannye, se puede notar por el toque de princesa de Disney que tiene. Comienza revisando bajo la cama pero no encuentra nada, levanta su mirada y se topa con una segunda puerta abierta. Se encamina a la misma y ve que es un closet.

—Dios, sí que vive como una princesa esta chica...

Continúa su búsqueda dentro de la segunda habitación: detrás de las sudadera y chamarras colgando, detrás de los muebles pero nada.

—¿Dónde estará?

Busca con la mirada hasta que frena en seco en una esquina.

—¿Podrá ser...?

Reactiva su movimiento para llegar a esa esquina. Sus ojos se iluminan como los de un niño en dulcería.

—¡Un peluche Mecoboy! —Exclama, lanzándose a tomar el muñeco sobre la pila de sus pares—. Nunca pude llegar a comprarme uno —Analiza el peluche. «Jijiji» dice como si estuviera por hacer una travesura y comienza a jugar como si pudiera disparar rayos de las manos del peluche, incluso hace los sonidos «piu, piu, piu». Pero en uno de esos gestos apunta al piso y de repente sus manos son rodeadas por unas esferas blancas que lanzan un golpe de energía. Edd sale volando hasta que choca con el techo y cae sobre la pila de peluches que se encuentra bajo la estantería.

—¡Mi cabeza! —Chilla tirado en el suelo, pero se percata de algo muy suave que está bajo su mano. «¿Será un peluche? Parece más como una pelota de felpa» piensa mientras aprieta dicha cosa sin ni siquiera levantar la cabeza para fijarse que es.

—Edward... —Una voz femenina con tono robótico interrumpe los pensamientos del chico.

Se pone en cuclillas y mira entre los peluches bajo él. Por fin ve de que cosas se trata, lo que estaba tocando era uno de los senos de Eliza.

—¡Eliza! —De un brinco se pone de pie y comienza a pedir perdón.

Eliza se levanta rápidamente y vuelve a darle "Esa mirada" a Edd. Parte de sus ojo derecho de color carmesí se hace visible, sus mejillas sonrojadas y su mirada sombría.

—Está bien Edward, pero hay que dejarte algo para que recuerdes tener más cuidado la próxima... —Frotando y golpeado sus puños haciendo aparecer sus guantes mágicos. Esferas blancas apresen en sus manos y su cara maliciosa hace tragar saliva a Edd.

—¿Por qué los ricos siempre tiene casas tan grandes? —Protesta el joven moreno que deambula por un pasillo hasta que decide entrar a una habitación. Parece un jardín de interiores con flores, plantas y árboles de diferentes tipos en macetas por todo el cuarto.

—¿Y tú quién eres? —Una voz extraña llama la atención de Michel.

Busca el origen de la misma hasta que ve sobre un árbol a un pequeño animal emplumado, su cuerpo está cubierto por colores rojos, verdes y amarillos.

—¿Un loro?

—Algo así —Responde el animal sin mover su pico.

Michel levanta una ceja admirado y confundido de la manera en que se comunica el animal «¿Poder mental?»

—Veo que acabas de conocer al señor Plumas —Un escalofrío recorre el cuerpo del muchacho moreno, esa voz es de...

—¿Alexa? —Se voltea para ver a la chica sonriente junto al marco de la puerta —¿Pero cómo...?

—Quizás seas rápido pero yo soy sigilosa y buena rastreadora. Ya que perdiste, ven conmigo que te daré tu castigo —Tomando la mano del moreno y sacándolo del cuarto.

«Je, je, je, nadie dijo que no se podía usar magia» dice en su cabeza con tono malicioso la muchacha rubia con los guantes blancos que está usando magia para encontrar a Oliver, un mapa con la ubicación del muchacho que busca está en sus manos. Ya está cerca, al parecer se escondió detrás de un mueble cerca de la salida al patio.

—Te encontré.

Oliver se levanta lentamente rascándose la cabeza.

—Eso parece... ¿Cuál será mi castigo?

Stephannye mira el patio y tira de la remera del chico hasta sacar lo fuera y lo para en medio.

—¿Qué...? —Intenta pregunta el joven pero es interrumpido por un «Cállate» de la chica rubia.

Stephannye toma aire y levanta su mano derecha apuntando a Oliver, la magia se materializa alrededor de su palma y del suelo comienzan a salir bichos de roca que encierran al chico hasta dejar un mínimo espacio para que pueda estar parado.

—Te quedarás aquí en medio del frio hasta que yo decida.

—¿Qué? ¡Espera, no, me puedo enfermar y además no me gusta estar en lugares cerrados! ¡Te ruego que me saques de aquí! —Oliver comienza a desesperar y golpear la roca.

Stephannye solo ríe y se vuelve al interior de la casa. Comienza a caminar por los pasillos hasta que llega a la sala y se encuentra con el resto de los chicos. Eliza está cruzada de brazos con Edd a su lado; el pobre muchacho parece que recibió una paliza que casi lo mata. Mientras tanto Alexa esta junto con Michel que por alguna razón se encuentra en ropa interior.

—Steph, llegas justo, como castigo Michel está por correr en ropa interior alrededor de tu casa.

Eso aclara sus dudas de porqué el moreno esta así ¿Qué más se podía esperar de la pervertida de Alexa?

—Steph ¿Y Oli?

—Está cumpliendo su castigo —La cara de la rubia se torna maliciosa con una gran sonrisa de villano.

—¿Qué le hiciste? —Ahora es Michel el que pregunta con tono de sospechas.

—Lo encerré en el patio trasero.

—¿Hiciste que? —Edd y su amigo exclaman.

—¡Oliver tiene claustrofobia! —Agrega Michel molesto —Llévanos con él ¡Ya!

—¡Stephannye! ¡Stephannye!

Los gritos por auxilio de Oliver cada vez son más desesperados y fuertes, como si sus cuerdas vocales fueran un parlante en aumento que repite el mismo nombre.

—*Vaya, vaya Oliver... ¿La chica te encerró?*

De repente todo se torna oscuro y un muchacho comienza a acercarse a Oliver. Su cabello gris ceniza se mueve con sus pasos, sus ojos color sangre brillan y destacan de su piel pálida como la de un cadáver.

—Tú...

—*¿Necesitas mi ayuda? Yo puedo sacarnos de aquí fácilmente...*

—No te conozco. ¿Cómo sé que puedo confiar en ti? —Responde Oliver comenzando a hiperventilarse.

Quizás no puede ver su celda porque ahora está en otro lugar, pero por alguna razón siente la presión de estar encerrado.

—*Tendrás que descubrirlo...*

El chico de ojos rojos extiende su mano derecha a Oliver como esperando su confirmación para cerrar un trato.

—Es que eres tonta... —Habla molesto Michel. Ya están llegando a la puerta que da para el patio trasero y se puede ver la especie de cúpula de piedra ahí afuera—. ¿Ya lo ven? Ya se calmó.

—Sácalo ya —Dice Edd.

La rubia suelta un «¡Ah!» como quejido y levanta su mano derecha apuntando a la cúpula, pero de repente unos fuertes golpes detienen su movimiento. La tierra comienza a temblar por los impactos que parecen venir de entre las rocas frente a ellos.

—¿Oliver...? —Pregunta asustado Edd que todavía tiene los guantes blancos. «¡PUM!» las piedras se rompen y salen volando por todos lados haciendo retroceder a los jóvenes. Fijan su mirada en donde estaba la cúpula de rocas y mientras el polvo se disipa se puede ver la figura de un muchacho: es Oliver, pero se ve diferente, su piel como la de un muerto, su cabello está gris como el de un hombre mayor y sus ojos brillan en un tomo rojo sangre.

—¿Oliver? ¿Estás bien? —Pregunta Michel.

Oliver no responde, simplemente comienza a levantar sus manos y de un movimiento rápido hace que una ráfaga de viento golpe a Michel, Alexa, Edd y Eliza haciéndole entrar en la casa por el impacto.

—¿Qué rayos te pasa? ¡Híbrido mal hecho! —Grita Stephannye.

Al ver la acción del chico frente a ella frota y golpea sus puños para que su Magtus aparezca. Algo le dice que debe estar alerta.

—Calla, oxigenada —Habla el chico y con otro movimiento de sus manos forma una palma se viento y atrapa a Stephannye, comenzando a aplastarla.

—¿Qué te est pasando, Oliver?

—No me llames así´, ese no es mi nombre...

—¿Entonces, cuál?

—Llámame Revilo —El muchacho suelta su nuevo nombre y comienza a apretar más, haciendo que la chica grite —Ahora morirás...

—¡Detente! —Suena la voz de Alexa.

La muchacha rápidamente laza una bola de

energía que hace volar al chico de cabello ceniza, quedando Stephannye libre.

—¿EstÁs bien? —Pregunta Eliza, ayudando a su amiga rubia. Las hermanas Black no solo portan sus guantes mágicos sino que también sus uniformes del ejército mágico.

—Sí... —Se limita a responder y en un rápido movimiento pulsa un botón de su pulsera y su vestimenta ahora es la misma que la de sus amigas. El trío de chicas se lanza a la batalla y rodea al Revilo.

—Oli, ¿qué te está pasando?! —Grita Alexa con cara se preocupación.

—¡Que no me llamo así! —Responde el chico y comienza a arrojar esferas de aire condesando que golpea a las chicas. Ellas no se quedan cruzadas de brazos y comienzan a devolver los ataques con las mismas esferas que Alexa había arrojado hace unos momentos.

—Hay que hacer algo... —Desde la puerta Edd y Michel están mirando el enfrentamiento.

—¿Cómo qué? —Pregunta Michel.

Edd mira sus manos y recuerda lo ocurrido con Eliza en el cuarto de Stephannye.

—Vamos, hazlo otra vez... —Susurra.

Levanta sus manos en dirección a Oliver y cierra los ojos repitiendo una y otra vez lo mismo que dijo en el cuarto «piu, piu, piu». Michel mira extrañado a su compañero, pero sin previo aviso unas esferas rodean las manos de Edd y una tercera aparece frente sus manos. Mientras más repite esas palabras más crece, hasta que Edd no resiste más y la dispara. La esfera, ya del tamaño de un balón de fútbol, vuela rápidamente por el aire hasta chocar con el chico de cabello gris. «¡Ah!» suelta un quejido y mira a Edd que está de rodillas y exhausto. Eliza no pierde la oportunidad e invoca su arma mágica y dispara a la rodilla del muchacho haciendo arrodillarse del dolor.

—Maldita...

Un pequeño tornado se forma alrededor del muchacho y la bala que estaba en su rodilla sale de ella. La herida que tiene en ese lugar comienza a sanar a un nivel impresionante rápido hasta quedar en nada.

—¡Sopla, sopla, sopla aire de calma. Calma, calma a éste alma! —Un grito de un hombre mayor se escucha y una esfera blanca gigante llega a la posición de Revilo y lo atrapa. El muchacho lanza sus ataques de viento pero no surten efecto y poco a poco comienza a bajar el ritmo hasta caer rendido en el suelo recuperando su forma anterior, Oliver.

—Señorita Stephannye ¿no puedo dejarla sola un momento que ya se mete en problemas? —El mayordomo que había realizado el ataque se acerca al lugar donde está el chico tumbado en el suelo. Mira fijamente al muchacho y se percata que su brazo izquierdo está manchado con sangre. Se arrodilla y corre la manga de la remera para ver la herida de Oliver, la mordida ya cicatrizó.

—Alfred ¿Qué le paso a Oliver? —Pregunta Stephannye —¿Y qué clase de magia es esa? No vi que se manifestara su poder mágico.

—Eso no era poder mágico, señorita —Responde el mayordomo haciendo una pausa —. Eso era poder mental...

—¿Poder mental? ¿Eso significa que...? —Ahora es Eliza quien pregunta.

—No lo sé, joven Eliza, pero por ahora les pido que reparen el daño y yo llevaré a los chicos a sus hogares —Alfred levanta a Oliver y lo carga en sus brazos para luego adentrarse en la mansión.

Stephannye callada mira al inconsciente Oliver que se aleja.

—Poder mental...

CAPÍTULO TRES

Él la sujeta del cuello, sus amigas están tumbadas en el suelo, están muertas... Comienza a apretar más y más. Su rostro pálido se ve dibujado con una sonrisa macabra de oreja a oreja, sus blancos dientes parecen colmillos que recuerdan a un lobo que está terminando de matar a su presa...

—Esto pasa cuando te metes con la persona equivocada...

Habla el monstruo en forma de adolescente. La joven rubia hace su último esfuerzo para huir de su agarre pero es inútil. Todo comienza a ponerse oscuro...

—Señorita Stephannye, despierte, señorita Stephannye —Alfred sacude levemente el brazo izquierdo de la joven que está como un saquito de té que se acaba de sacar del agua caliente. La joven de un pequeño espasmo se despierta y queda sentada sobre la cama.

—Ya es el segundo día que se queda dormida

y tiene pesadillas —Habla el hombre.

Stephannye no responde; solo intenta calmar su respiración.

—Le recomiendo que hoy en vez de que vengan a entrar valla a hablar con los padres del joven Oliver para que le den una explicación de lo sucedido el sábado —Alfred deja la bandeja con la comida y sale de la habitación.

«Hablar con los padres de Oliver», piensa la rubia comenzando a salir de la cama para preparar se para ir a su colegio como todo lunes.

Stephannye camina por los pasillos del Instituto junto con Alexa y Eliza. Aunque se quedó dormida para su rutina de ejercicio, Alfred la trajo rápidamente en automóvil por lo cual llego a su horario normal. Como el invierno está terminando y la temperatura vuelve a subir puede ir caminando a casa sin sufrir mucho por el frío.

—¿Steph, estás bien? —Alexa la saca de sus pensamientos.

—Sí...

—-¿Sigues pensando en lo del sábado? —Pregunta Eliza.

—Sí; no logro entender qué le pasó a ese chico, nunca lo había visto así y sobre el poder mental sé que existe, pero es demasiado raro...

Las chicas llegan a su aula y como todos los días Oliver, Edd y Michel están primeros.

—¡Tú! —Grita Stephannye y acelera sus pasos para tomar del cuello de su ropa a Oliver.

—Stephannye...

—¿Qué diablos paso el sábado? —Pregunta

comenzando a sacudir al chico como si fuera una tela vieja.

«¡No lo sé!» repite el muchacho asustado.

—¡Oye detente! —Michel se mete un medio y separa el grupo de chicos.

—¡No te metas! —Grita la rubia por la intromisión del moreno, el cual se acerca a su oído.

—Está bien si quieres golpearlo un poco, pero aquí no; la chica nueva... —Susurra Michel señalando con su índice izquierdo a la chica que está en el marco de la puerta.

Es la chica que había ingresado junto con las hermanas Black, Úrsula Unknown. Su cabello verde alga suelto llega hasta su cintura, unos mechones de su flequillo cubren levemente sus plateados ojos que brillan al igual que su piel blanca, su cuerpo es similar al de Stephannye.

—¿Interrumpo… una pelea de pareja…? —Pregunta la chica tímida.

—¡No somos pareja! —Stephannye empuja a Oliver, sonrojándose.

—Ya veo... —Responde por lo bajo Úrsula y se dirige a su asiento justo cuando suena el timbre para que el resto de los chicos ingresen.

—Más tarde iremos a tu casa... —Habla Stephannye al muchacho se cabello café que está en el suelo haciéndolo tragar saliva.

El grupo de chicos está en casa de la familia Brown, acaba de llegar y aguarda en la sala la llegada de la madre de Oliver, Linda Brown.

—Onii ¿Les ofreciste algo de comer a tus amigas? —Ada, la menor de la familia ingresa a la sala con un pequeño sándwich en sus manos.

«No» es lo único que responde su hermano.

Su cabello fucsia peinado en dos coletas perfectamente hechas combinan con su extraño color de ojos, una mezcla entre café y rojo, parecen pupilas de colores.

—Ara, ara, que hermanita más linda tienes, niño —Habla Alexa a Oliver poniéndose de pie y comenzando a rodear a Ada mientras la mira de pie a cabeza.

—¿Ara, ara...? —Pregunta la niña mientras aparecen signos de interrogación flotando sobre su cabeza.

—Ignora eso, es una expresión que suelo usar —Explica Alexa.

—Un momento... —Habla Ada —¿Eres otaku? —Pregunta emocionada.

—¿Por qué preguntas eso?

—Porque "ara, ara" es la versión japonesa de la expresión "vaya, vaya" que usamos en este lado del mundo —Explica la niña como toda una profesional en el tema.

—Ara, me descubriste —Responde Alexa inclinando levemente su cabeza y sacando su lengua como si se la hubiera mordido haciendo una cara particular.

—¡Ohh! —Grita de emoción la niña y toma de las manos a Alexa.

Parece una niña pidiéndole un regalo a su madre, ya que Ada es unos diez centímetros más pequeña que Alexa, solo que esta vez lo que pide son respuestas «¿Qué animes ves? ¿Hace cuánto ves anime? ¿Cuál es tu favorito?»

—Ada, deja de molestar Alexa —La interrumpe Oliver, avergonzado por el comportamiento de su hermana.

Ada solo responde con un «muh» y haciendo un puchero.

—No te preocupes niño, no me molesta —Responde Alexa y vuelve su mirada a la niña frente ella —Ya que tu hermano no nos dio nada... ¿Qué te parece si me llevas a la cocina y preparamos te mientras hablamos de lo que quieras? Ada-chan.

Alexa vuelve a inclinar su cabeza pero esta vez se rostro se ilumina como el de un ángel que ha venido a cumplir los deseos de su corazón, o por lo menos así lo ve Ada. «¡Si!» Responde la niña y toma del brazo derecho a la joven del flequillo negro llevándosela a la cocina. Oliver tapa su rostro ante el acto de Alexa. Ahora que ella actualice con Ada posiblemente estarán como locas por el mundo anime, lo que significa que Alexa podría venir a visitarla seguido, «Maldición...»

—Disculpen la tardanza... —Una mujer cuarentona de tez mestiza, cabello rubio y ojos verdes ingresa a la sala, la madre de Oliver Linda Brown. Había estado ocupada organizando unos papeles en su habitación, por lo cual les había pedido que esperen.

—¿Qué? —Grita Stephannye y pega un salto a la vez que su compañera de cabello gris. Los azules ojos de la rubia comienzan a brillar como un par de focos recién instalados. Los adolescentes se lanzan hacia la mujer para tomarla de sus manos y comenzar a estrecharla como fanáticas que son.

—¿Por qué no nos dijiste que tu madre es la

legendaria Linda Miller? —Pregunta Stephannye a al chico de cabello café que ahora se encuentra confundido.

—¿Qué tiene mi madre de especial?

—¿Cómo que "qué tiene de especial"? Tu madre ayudó a ganar la gran guerra de magos y brujos tiempo atrás —Explica.

—Obtuvo el título de la maga más inteligente cuando tenía veinte años —Agrega Eliza, se podía notar un leve tono de emoción en su voz robótica.

—Y no olvides el de la más sexi —Agrega Alexa que apareció de repente por el pasillo junto a Ada que se tapaba las mejillas, asombrada.

El cuarteto de chicas rodea a la mujer para hacerle preguntas como locas. Es como ver a un famoso actor en medio de sus fanáticos que le piden autógrafos y fotografías, solo que esta vez se trata de una maga.

—¿No tenían que hablar sobre algo con mi madre? —Interrumpe Oliver, molesto por la escena.

Stephannye, Alexa y Eliza carraspean para recuperar la compostura poniéndose serias.

—Por favor, cuéntenos sobre la naturaleza de los poderes de Oliver —Habla Stephannye.

Linda, que tenía una sonrisa de completa felicidad, cambia su rostro a un sombrío y serio como diciendo "Ya lo saben"

—Por favor tomen asiento...

Las chicas paradas a su alrededor sin decir ninguna palabra caminan y se sientan junto al trío de varones.

—Todo comenzó hace once años...

Nuestra familia había salido de vacaciones.

Oliver tenía cuatro años, Ada solo dos y Jonathan doce. Íbamos en nuestro automóvil de entonces al campo a visitar a unos familiares, era de noche y el clima amenazaba con llover. Los niños estaban durmiendo mientras Patrick y yo íbamos comiendo hamburguesas que habíamos comprado un rato antes porque teníamos hambre; disfrutábamos de la cena algo inesperado pasó: sin que nos diéramos cuenta, un brujo se puso frente al nosotros y con un conjuro cantados nos atacó. Como no tuvimos tiempo para reaccionar bien al ataque, nuestro poder no fue suficiente para protegernos del todo. El vehículo quedó destrozado, nosotros heridos, pero eso no fue lo que nos importó sino la vida de nuestros pequeños. Los encontramos a los tres con vida, Jonathan solo había sufrido quemaduras leves pero Oliver y Ada... Mi pequeña Ada había sufrido quemaduras tan graves que su hermosa piel blanca y ojos café ahora parecían carbón y mi lindo Oliver había perdido la mitad del cuerpo; fue una escena muy traumática, sus intestinos por el suelo, mucha sangre y sus piernas ya no existían, no sé cómo no murieron por el impacto, quizás por su naturaleza mágica.

Como entre mi esposo y yo solo yo soy de naturaleza mágica, junté a mis pequeños mientras Patrick sanaba a Jonathan, me puse en pie como puede y estaba por usar hechizo cantado para sanarlo, no me importaba si yo moría debido a mi grave estado, solo importaba salvar a mis hijos pero el brujo cruzó las llamas para terminar el trabajo y con magia negra atravesó mi rodilla dejándome tumbada en el suelo. Patrick se lanzó a atacarlo pero él fue más rápido y con una ráfaga de ataques de plasma lo dejó abatido en el suelo. Pero justo cuando venía por mí, algo ocurrió: dos extrañas personas con máscaras de carnaval aparecieron y comenzaron a combatir con el brujo. Sus poderes eran extraños, no eran de naturaleza mágica, era poder mental y poder elemental, algo que de lo que solo había leído...

El brujo al estar en desigualdad numérica y ya que al parecer nunca se había enfrentado con adversarios con ese tipo de poder tuvo que huir. Patrick y yo, con la poca fuerza que nos quedaba, juntamos a nuestros tres pequeños y les rogamos que por favor nos ayudaran. Al ver nuestro dolor se acercaron a nuestros bebés y se sacaron las máscaras: eran una pareja de ancianos. La mujer puso su mano en el pecho de Ada y el hombre repitió el proceso con Oliver. Nos dedicaron unas pequeñas sonrisas y comenzaron a transferir sus auras a nuestros pequeños. Milagrosamente, Ada sanó y el cuerpo de mi principito comenzó a regenerarse. Después pusieron sus manos sobre Jonathan y comenzaron a desvanecerse, pero sus cenizas se unieron con el cuerpo de él dejándolo completamente sano...

—Nunca supimos quiénes eran esas personas pero salvaron a nuestros pequeños y les dieron algo poco común: una triple naturaleza —Termina de explicar la adulta. Los chicos frente a ella quedan en completo silencio. Es obvio que están procesando la información.

—Eso explica los extraños poderes de Oliver, pero, ¿por qué cuando los uso su apariencia cambio, se volvió agresivo e incluso pedía que lo llamáramos por otro nombre? —Eliza como siempre es la primera en tomar valor y hacer una pregunta sería.

—Yo tengo la respuesta para eso. —Alfred entra a la sala con una bandeja con una taza de té para cada uno. Nadie se había dado cuenta de su entrada al hogar, aunque es normal en él, siempre llega en el momento justo.

—El joven Oliver fue atacado por un demonio parásito y aunque quizás no haya podido plantar un huevo dentro de él pudo haberlo infectado —Explica el mayordomo, repartiendo las tazas.

—Ya veo: —Susurra Linda —: tendré que hablar con mi padre sobre este tema, pero tengo que pedirte algo... por favor, Stephannye, enséñale a mi hijo a usar su poder mágico ¡Por favor!

La adulta toma de las manos a la joven rubia y se arrodilla implorando. Stephannye se asombra y hace una pausa, sonríe y abre la boca.

—¡Claro! Quizás no me agrada, pero lo haré por la maga que me inspiró. —Responde, poniendo una cara dulce.

Linda, ante la respuesta, por impulso abraza a Stephannye repitiendo una y otra vez «¡Gracias, muchas gracias!» Oliver, ante la escena solo puede taparse la cara lamentándose.

Pasaron las horas y las chicas se están subiendo al coche así el mayordomo las lleva.

—No quieres que tu hijo se exija mucho, ¿Verdad? —Pregunta Alfred.

—Recién está comenzando, no quiero que se asuste con mucha presión...

CAPÍTULO CUATRO

Primera parte

Oliver está meditando, intenta concentrar su aura en su mano derecha; todo este tiempo estuvo practicando la potenciación de su cuerpo hasta un cinco por ciento pero para combatir necesitará más que eso. «¡Vamos!» Lentamente su aura comienza a rodear su palma derecha, como si la electricidad estática la recorriera, pero dicho suceso solo dura un par de segundos antes de que se desplome.

—Maldición, esto es muy difícil. —Protesta y levanta su mirada para ver a Edd que se encuentra manteniendo una pequeña esfera blanca en una de sus manos.

—Sé que no es mucho, pero por lo menos la puedo mantener… —Habla el mestizo al sentir la mirada de Oliver.

—Supongo que es un buen punto…

La charla de los chicos es interrumpida por unos pequeños murmullos provenientes de su amigo moreno que se encuentra contando sus flexiones de brazos.

—96… 97… 98… 99… y… ¡100! —Se deja caer —Ya no puedo más… necesito descansar un momento…

—¡Dios, qué resistencia! —Oliver se admira.

De golpe la puerta se abre y detrás de ella entra el trío de chicas seguidas por el mayordomo de la chica rubia, el cual trae una caja.

—¿Y eso?

—Tenemos órdenes de llevarlos a su primera misión, así que sus padres le mandaron sus trajes mágicos —Stephannye saca las bolsas de las cajas y arroja una a cada chico —Vayan a bañarse y pónganselos, salimos en quince minutos. Y por favor, no dejen todo mojado.

Oliver y sus amigos obedecen en silencio y van cada uno a alguno de las decenas de baños de la mansión Kings. Oliver, al terminar de bañarse se pone el conjunto de la bolsa: botas negras, jeans negros, una campera blanca de cuello de tortuga. Como es obvio, la ropa interior y la playera bajo el conjunto son la ropa normal de Oliver. Se lo pone, es muy ligero y elástico «Seguramente está hechizado» después de desvariar con su nueva ropa decide salir corriendo antes de que Stephannye se enoje con él por tardar mucho. Llega y ve a Edd que porta un conjunto deportivo universitario que mezcla los colores azul y blanco. Mientras que Michel cuenta con un conjunto de cuero negro, parece un motociclista.

—Hasta que llegan —Protesta la rubia.

—Ara, ara, que ropas genial que portan —. Alexa los analiza.

—Para guardar sus prendas dentro de las pulseras presionen sobre un símbolo de dos triángulos, pero no lo hagan ahora porque quedaran desnudos —Explica Eliza.

—Como sea, vámonos ya —Interrumpe Stephannye.

—Disculpe, señorita Stephannye. ¿No cree que será mejor medir sus poderes antes de ir de misión? —Alfred le acerca un espejo.

—Este solo sirve para medir poder mágico, no servirá a la perfección con un híbrido como Oliver pero está bien —Apunta al Castaño.

Poder: 100

Control: 10

Energía: 60

T. Magia: Blanca

Poder mágico total: 170

—Eres estadísticamente inútil... —Dice sin rodeos la rubia para apuntar hacia Michel.

Poder: 0

Control: 0

Energía: 150

T. Magia: Ninguna

Poder mágico total: 150

—También inútil...

Por último a Edd:

Poder: 150

Control: 15

Energía: 80

T. Magia: Blanca

Poder mágico total: 245

—Los tres son inútiles…

—Después de todo ¿Cuáles son sus niveles de poder? —Michel molesto señala a la rubia.

Stephannye suelta una pequeña sonrisa y apunta el espejo a Eliza:

Poder: 550

Control: 550

Energía: 250

T. Magia: mixta

Poder mágico total: 1350-1500

—¿Tanto? —El trío pega un salgo, la rubia apunta ahora a Alexa.

Poder: 600

Control: 600

Energía: 300

T. Magia: mixta

Poder mágico total: 1500-1650

—Y por último, yo.

Poder: 800

Control: 800

Energía: 350

T. Magia: blanca

Poder mágico total: 1950

—Como pueden ver, tenemos por lo menos cinco veces el poder del más fuerte de ustedes —Presume Stephannye.

—¡TCH! —Michel se voltea disgustado.

—Steph, Steph, recuerda que Oli y Mich son híbridos.

—Lo sé; otro día iremos a comprar un espejo universal, pero aun así no creo que sus estadísticas cambien mucho… ¡Como sea! —Presiona el botón de su pulsera para desplegar su traje e invoca sus magtus, Alexa y Eliza también lo hacen —. ¡Ya, vámonos! Las sombras los rodean y son de a uno teletransportados. Al dispersarse la oscuridad e irse las ganas de vomitar de los chicos, todos pueden ver el lugar. Parece un simple vecindario, casas normales, alguna que otra persona en la calle, no parece tener nada de mágico.

—¿Un vecindario normal? —Pregunta Oliver.

—No lo es, es parte del mundo mágico pero no solo por ser un lugar mágico significa que tiene que ser anticuado —Lo reprende Stephannye.

Oliver analiza mejor el lugar y puede ver a una anciana limpiando su vereda, pero la escoba se está moviendo sola, o mejor dicho con magia.

—Ustedes deben ser el grupo de magos que nos ayudarán… —Dice de repente una mujer que se acerca a ellos.

—Así es —Responde la rubia.

—Gusto en conocerlos, me llamo Sandra y soy la presidenta del centro vecinal.

—Igualmente, cuéntenos sobre su problema.

—Pues, hace una semana un grupo de chupacabras comenzó a atacarnos de noche, las manticoras domésticas los pueden ahuyentar pero no todos los vecinos tienen mascotas.

—Ya veo… no se preocupe señora, nosotros nos encargaremos —Responde la rubia en tono amigable.

—¡Muchas gracias jovencita! Cuando terminen les invitaré a cenar —La anciana después de tales palabras se retiró de escena.

—¿Stephannye siendo buena? Eso asusta…
—Susurra Michel a sus amigos.

—Verdad… —Responde Edd.

—Supongo que tienes razón… —Oliver suelta una sonrisa, incómodo.

—¡Para su información, estoy cumpliendo mi deber como maga! —Stephannye le proporciona un golpe en la cabeza a cada uno—. ¡Como sea! Vamos a recorrer el lugar hasta que sea de noche.

El grupo se divide en dos, chicas por un lado y chicos por otro. Oliver, Edd y Michel comienzan a caminar por el vecindario y analizan el lugar.

—La verdad no me esperaba que el mundo mágico se pareciera tanto al normal —Edd se rasca la cabeza.

—Supongo que los libros, películas y series influyeron mucho en nuestras expectativas —Dice Michel.

—Sí —Oliver en la misma posición que Edd, sigue analizando el lugar hasta que ve un perro —. ¡Un perrito!

—Tú y tu gusto frenético por los perros… —Se lamenta el moreno.

—Déjalo, después de todo no puede tener uno en casa -Lo defiende Edd.

—Hola amiguito. ¿Cómo te llamas? —Oliver acaricia la cabeza del amigable husky siberiano. Su pelaje va de un negro profundo a un blanco nieve, es grande para su raza, mide aproximadamente 1m de alto.

—No te vas a respon…

—¡Me llamo Fenrir!

—¿Pero qué…? —Gritan a la par.

—¿Boof?¿Pasa algo?

—¿Acaso habló? —Se aleja Oliver.

—¡Pero no movió el hocico!

—Esto ya me pasó hace poco…

—¡Fenrir! ¿Otra vez estás molestando a las personas? —A paso lento, una anciana sale de la casa y dice—: Disculpen si mi manticora los ha molestado, me llamo Erika.

—Un gusto conocerle, ellos son Edd y Michel y yo soy Oliver.

—Perdone si pregunto algo obvio, es que somos nuevos en esto: ¿Ha dicho manticora? ¿Eso qué es? —Michel suelta una sonrisa incómoda.

—¡Vaya! ¡Magos novatos! Tranquilos, que ya les explicaré con gusto —La anciana sonríe y abre la reja —. Pasen y tome un poco de té.

—¡No señora! ¡No se molesté, estamos en medio de una misión y…!

—Vamos, háganle un momento de compañía a esta solitaria anciana…

—Pero… —Antes de que termine de hablar Edd y Michel pellizcan a Oliver y levantan sus pulgares en aprobación. « Edd solo quiere escapar de las responsabilidades y Michel seguro quiere hacerlo para molestar a Stephannye».

—Bueno, supongo que unos minutos no nos harán nada malo…

El trío ingresa a la casa y la anciana los guía a la sala de estar. Hay una pequeña mesa rodeada de sillones; todo tiene un toque antiguo, muebles de roble viejo, cuadros y vajillas de porcelana por todos lados.

—Tomen —Erika les sirve el té y trae un

plato con diversas galletas.

—Gracias…

—Doña Erika ¿Nos podría contar sobre su mascota? —Michel interesado no tarda en preguntar mientras da un sorbo a su té.

—¡Claro! En el mundo mágico no solemos tener mascotas normales, sino manticoras que se parecen a los animales comunes pero que pueden comunicarse por telepatía y manipular un elemento —La anciana se pone de pie y camina a sacar un libro de una estantería llena de libros dentro de un mueble—. Mi esposo solía investigar mucho sobre el mundo mágico, este libro lo escribió sobre las manticoras domésticas, puedes quédatelo —. Le da el libro al moreno.

—No puedo tomarlo, es de su esposo…

—Él falleció en combate hace muchos años, además le gustaba compartir sus conocimientos.

—Perdón por hacerla hablar de un tema sensible… —Michel agacha la cabeza.

—Tranquilo, con los años uno aprende a sobrellevar las pérdidas, ahora ten —Le vuelve a tender en libro.

—Muchas gracias —Lo toma.

—¿Sabes? Te parecen mucho a él… —La anciana toma asiento —También era mago, incluso llegó a trabajar con el legendario Julián Miller.

—¿Julián Miller? —Oliver deja la taza de té.

—Así es. ¿No lo conoces?

—¡Claro qué sí! Es mi abuelo —Se rasca la cabeza.

—¡Vaya sorpresa! Entonces debes de ser el hijo de Patrick y Linda Brown, el hermano menor de

Jonathan.

—Sí. ¿Cómo sabe tanto?

—Hace mucho tiempo, cuando se desató la guerra entre los magos y las bestias malignas, hubo dos jóvenes que desatacaron: un mago novato llamado Julián Miller proveniente de una familia de mágicos comunes y una maga de alto rango llamada Carmen Walton, proveniente de una familia de magos del consejo mágico nacional. Mi esposo y yo trabajamos con ellos.

—¡Wow! No sabía que mis abuelos habían participado en una guerra…

—No solo eso, la terminaron.

—¿En serio? —Oliver no puede evitar unas gotas de sudor.

—Así es. Tus padres también hicieron lo suyo, fueron los héroes de la guerra entre magos y brujos, hasta tu hermano ayudo a exterminar una red de mágicos radicales.

—¿Jonathan? —El muchacho da un salto de asombro.

—Sí. Supongo que las personas esperan mucho de ti… —Erika sonríe.

«Creo que… tiene razón…» Oliver por unos momentos recuerda las palabras que le dijo el padre de Stephannye.

—Pero no dejes que eso te presione, recuerda que eres otra persona y lo harás a tu modo —Agrega la anciana.

—¡AYUDAA! —De repente, se oye el grito de un niño desde la calle.

—¿Oyeron eso? —Pregunta Edd.

—¡Vamos a ver! —Ordena Oliver.

El trío sale corriendo de la casa y se dan con el dueño de tal grito. Un pequeño niño está rodeado de criaturas similares a perros desnutridos.

—¿Esos son los chupacabras? —Edd se asombra.

—¡Ayuda! ¡Por favor! —El pequeño con una herida en una de sus piernas mira llorando al trío, la desesperación se puede ver en sus ojos, el miedo se refleja en su cuerpo que tiembla como si estuviera sufriendo hipotermia. De repente, Oliver siente como si una descarga le recorriera el cuerpo, la adrenalina comienza correr por sus venas y sin darse cuenta corre hacía el niño «¡Hay que ayudarlo!» En un instante llega a su posición y con su cuerpo potenciado con magia comienza a golpear a los chupacabras.

—¡Por favor ayúdame!

—Tranquilo, a eso vine —Se pone en posición de combate.

Las criaturas fijan su objetivo en Oliver y se lanzan a atacarlo. Él esquiva y reparte golpeas pero aun así son muchos. De repente, una de estas criaturas salta hacia su nuca.

—¡Maldición! —El tiempo parece detenerse, Oliver voltea pero solo para ver cómo el monstruo se acerca más y más.

—¡Salvado! —Edd aparece y salva a Oliver —¡Diablos! ¿Qué te dio por ser un héroe tan de repente?

—No lo sé —Responde y suelta una sonrisa.

—¡Me llevaré al niño! —Michel que no pierde tiempo alza al niño y lo mete en casa de Erika.

—¡Qué veloz! —Se admira la anciana al

tomar en sus brazos al pequeño niño —¡Ahora ve y ayuda a tus amigos!

—No sé si pueda manejar la magia…

—Ya veo… ¡Fenrir!

—¡Sí!

—¡Trae mi bastón!

—¡De inmediato! —El canino se introduce en el hogar.

—¿Bastón?

—Sí. Es un arma que solía usar de joven.

—Ya veo…

—¡Aquí está! —Fenrir sale con un pequeño bastón de metal —¡Tómalo!

Michel lo toma, es plateado y pesa bastante pero él lo puede levantar y mover. Presiona el único botón que tiene y el bastón triplica su tamaño.

—Aunque no seas mágico, podrás usar este tipo de arma mágica. Golpéalos, los impactos lo cargarán y cuando comience a brillar pega un brinco y golpea el piso para crear un super impacto.

—¡Está bien!

—Yo me ocuparé de sanar a éste niño. Una cosa más… ¡Fenrir!

—¡Sí!

—¡Ayúdalo!

—¡A sus órdenes! —La manticora se pone junto al moreno.

—¡Está bien! —Michel corre a ayudar a sus amigos, acompañado de Fenrir.

—¿Y ese bastón? —Pregunta Edd espalda a espalda con sus amigos.

—Me lo dio doña Erika y Fenrir también nos ayudará.

—Está bien. Aunque hayamos practicado esto, no puedo evitar comenzar a cansarme —Dice Oliver.

—Es verdad. Todavía no manejamos bien esto… —Agrega Edd.

—¡Muy bien! ¡Cuidemos las espaldas del otro! —Ordena Oliver.

—¡Sí! —Gritan a la par.

Las criaturas siguen saltan hacía los chicos, ellos las golpean dejando alguna que otra abatida en el suelo, pero reciben rasguños y golpes. Fenrir con mucha facilidad agarra a los chupacabras de la garganta y los ejecuta rápido. «Qué fuerte» piensa Oliver «¡Ay…! Grita y mira su brazo pensando que fue mordido. Pero nada como eso, es su músculo que se acaba de contraer.

—¿Estás bien? —Le pregunta Edd.

—Creo que estoy a mi límite…

—Yo estoy llegando al mío…

—Chicos —Michel los llama —Algo me dice que esa es la madre… —Nervioso, el moreno señala a un chupacabras que resalta sobre el resto. Mide el triple que sus similares y gruñe al trío.

—Esto se va a poner feo…

Segunda parte

—¿Escucharon eso? —Stephannye frena en seco y voltea a ver a las hermanas Black.

—Parece que alguien está peleando —Alexa hace aparecer su arma mágica, una pistola antigua de tubo largo color negro con detalles dorados.

—El sonido viene de allí —Eliza señala la

zona y hace aparecer su arma mágica, la opuesta de la de Alexa, blanca de tubo corto y detalles en plata.

—¡Vamos! —Ordena la rubia y un hacha de guerra danesa con el filo de un lado y plateada aparece en su mano: armas que portan la flor de lis que representa al equipo, el equipo flor de lis.

—¿A dónde creen que van? —Una muchacha encapuchada con una túnica se para metros delante de las chicas.

—¡Una bruja! —Se ponen en posición de combate.

—¿Qué quieres aquí?

—Se me ordenó detenerlas… —Su macabra sonrisa es lo único que se puede ver detrás de su túnica.

—¿Crees poder hacerlo? —Stephannye avanza un paso.

—Claro que puedo, pero… ¿Ustedes podrán pelear conmigo sin que los civiles salgan heridos? —La misteriosa bruja señala a las personas que están observando desde sus ventanas.

—¡Todos resguárdense en sus hogares! ¡Es la orden de una maga! —La rubia grita y se lanza a atacar a la bruja.

—Vaya, qué lista, atacarme mientras tus compañeras resguardan a las personas —La encapuchada esquiva los golpes de Stephannye — ¡Pero no eres rival contra mí! —La golpea en el estómago haciéndola escupir—. ¿Sabes? Estoy debilitada, tan solo puedo usar el diez por ciento de mi poder, pero aun así no eres rival para mí…

—¡Cállate! —La rubia aumenta la velocidad de sus ataques, pero la misteriosa bruja los bloquea con facilidad.

—¡Qué lent…! Eso estuvo cerca… —Esquiva dos balazos.

—¡Toma esto bruja! —Alexa junto a Eliza que ya resguardaron a las personas, se unen a la batalla. Como si de una acróbata se tratara, la encapuchada pega saltos por los techos de los hogares.

—Eso si puede ser un problema; si las tres trabajan en equipo será más complicado…

La bruja levanta su mano hacia las chicas y muchas esferas negras se forman frente a su palma y salen disparadas el trío.

—¡Cuidado!

Explosiones inundan el lugar, suelo y casas son dañados, escombros saltan por todos lados e incluso alguno que otro impacta con las chicas. En medio del polvo Stephannye mira a la bruja que carga otro ataque.

—Esto va a ser más difícil de lo que pensé…

Tercera parte

Las explosiones sigue una tras otra, los escombros de diferentes tamaños vuelan por todos lados, algunos hacen temblar ligeramente el suelo mientras que otros simplemente levantan polvo.

—Hay que hacer algo con esta maldita y sus ataques explosivos, debe tener alguna debilidad —Stephannye golpea y esquiva escombros.

—Ara, ara, después tendremos mucho que limpiar —Alexa ignorando la situación se preocupa por los deberes post misión.

—¿En serio te preocupas por eso?

—Encontré una falla —Eliza aparece con su voz sin sentimientos.

—¿Cuál es?

—Necesita diez segundos para cargar sus ataques, si aprovechamos ese tiempo podríamos darle un golpe crítico.

—¡Déjame intentarlo! —Stephannye espera que la bruja ataque y se lanza a por ella.

Rápidamente la rubia pega un salto, la distancia entre la bruja y ella desaparece en un instante. Blande su hacha directamente hacia el cuello de su adversaria, se puedo escuchar el viento al ser cortado.

—¡Toma esto!

—¡Te dije que eres muy lenta!

—¿Eh? —La rubia de la nada es jalada y falla el golpe.

—¿Piensas que no soy consciente de mis debilidades? —La bruja con un látigo de magia negra hace un movimiento y arroja a Stephannye.

—¿Arma espiritual? —Da una voltereta en el aire y cae justo entre sus amigas.

—¿Estás bien, Steph?

—Sí, aunque no me esperaba que tuviera un arna espiritual.

—Habrá que atacar de manera coordinada —Eliza vuelve a mirar a la bruja.

—¿Alguna idea?

—Alexa se encarga de disparar haciendo que bloquee los disparos con su látigo, mientras yo me encargo de los ataques explosivos y tú de ella.

—Me parece bien.

—Como siempre, una gran idea por parte de mi hermanita.

—Esta bien ¡Hagámoslo! —Ordena la rubia.

—¡Dejen de charlar entre ustedes y divirtámonos!—La bruja vuelve a lanzar su ataque pero estos explotan en su cara -¿Pero qué? «¡BAM BAM BAM!», tres balazos llegan por sus espaldas y ella se voltea y las desvía con su látigo.

—¿Qué pasa? ¿Se complicaron las cosas? —De la nada Stephannye aparece blandiendo su hacha.

—¡Maldición! —Se mueve lo más rápido que puede pero no logra esquivar completamente el ataque y su pecho es ligeramente cortado.

—¡La próxima no fallaré! —La rubia se vuelve a lanzar al ataque y detrás de ella Alexa y Eliza disparan.

—Creo que tendré que tomar más distancia —La bruja comienza a saltar entre las terrazas.

—¿Qué haremos? Solo puedo potenciar mi cuerpo un seis por ciento y estoy cansado, no creo poder enfrentarme a esa cosa... —Edd mira a Oliver esperando una orden, nadie lo nombró líder del grupo pero siempre fue como tal.

—No lo sé... yo solo puedo hacerlo hasta un cinco por ciento y mis brazos tiemblan... —Oliver mira sus brazo.

—¡Cuidado! —Grita Michel.

La bestia gigante carga contra el trío casi llevándose puesto a Oliver.

—Eso estuvo cerca...

Sin tiempo, el castaño tiene que volver al combate con los chupacabras.

—¿Estás cansado? —Fenrir aparece y ayuda a Oliver.

—Sí...

—Como animal te recomiendo acabar con la reina y el resto saldrá despavorido.

—Es más fácil decirlo que hacerlo...

—Este bastón ya está cargado para hacer un gran impacto... —Menciona Michel mostrando el objeto que emana luz. «Veamos. ¡Piensa, piensa!» El castaño mira su entorno. Los chupacabras paran su ataque pero solo es para reagruparse, mientras que la madre de estos se acerca otra vez al trío.

—¡Lo tengo! ¿Recuerdan la maniobra que utilizaron las chicas con aquel troll?

—Haremos algo igual; Edd, Fenrir y yo limpiaremos el camino para que Michel golpee a esa cosa en la cabeza.

—Parece arriesgado...

—Lo es, pero es lo único para hacer —Oliver mira con determinación —Por alguna razón las chicas no vienen así que tendremos que hacernos cargo... ¿Listos?

Salen en formación de rombo, Oliver a la derecha golpeando chupacabras, Edd a la izquierda haciendo lo mismo, Fenrir en frente arrojándolos a los lados y atrás de ellos Michel dando pequeños golpes con el bastón para cargar el ataque. Los brazos de los dos primeros tiemblan de cansancio pero no pueden parar, tienen que abrir camino para Michel.

—¡Un poco más! —El moreno, ahora tan cerca de la criatura madre, deja de golpear el suelo y se prepara para atacar. Los chupacabras salen volando por los ataques de Oliver, Fenrir y Edd.

—¡Michel, ahora! —Ordena Oliver.

El moreno pega un salto con todas sus fuerzas, la bestia levanta la mirada —¡Toma esto! —Cae a toda velocidad, baja el bastón metálico que brilla. El viento silba, el cráneo de la bestia cruje, una explosión sega unos momentos al grupo. Polvo se levanta y Oliver junto a Edd y Ferir se acercan al lugar de la explosión.

—¡Michel! ¿Estás bien? —Pregunta.

En medio del polverío se visualiza un cráter, la chupacabras madre esta tendida con el cráneo roto y encima de ella el moreno.

—¡Claro que sí! —Responde el moreno sonriente.

El resto de las bestias, al ver a su reina vencida, salen despavoridos por todos lados justo como el canino predijo.

—Funcionó... —Oliver se tumba en el suelo y desactiva su magia.

—¿Deberíamos ir por los pequeños? —

Pregunta Michel acercándose a los chicos.

—No lo sé... acabamos con su reina, no creo que vuelvan en mucho tiempo... —Oliver se pone de pie —Deberíamos encontrar a las...

¡PUUM!

—¿Pero qué...?

De repente, Stephannye y las hermanas Black aparecen peleando con una encapuchada que dispara esferas negras que explotan al contacto. La bruja aterriza sobre el cadáver en el cráter.

—¿Guh? —Mira a la criatura —Interesante... —Apoya una de sus esferas sobre el cuerpo inerte y ésta se introduce en él. Ella pega un salto para alejarse. La chupacabras comienza a moverse, se vuelve a poner de pie, crece al triple de su tamaño; su piel se estira, su cráneo se repara, sus garras y colmillos crecen aún más y sus ojos comienzan a emanar un aura oscura. Stephannye, que iba tras la bruja, es golpeada por la criatura.

—¿Y esta cosa, qué es? —La rubia utiliza su hacha para detener su retroceso.

—La bruja le hizo algo —Eliza llega a su posición.

—Se ve como el troll de aquella vez. —Alexa inclina su cabeza y juguetea con los cabellos de una de sus coletas.

—Acabemos con ella rápido.

De repente, la bestia sale disparada como una bala hacia el trío de chicas.

—¡Qué rápida!

—¡Esquívenla! —Ordena la rubia.

Las chicas rápidamente saltan a los tejados de las casas.

—Eliza ¿Algún plan?

—No. Esta criatura es muy salvaje y no sigue patrones, lo que hace más difícil predecir sus movimientos; súmale a eso que parece haber sido corrompida con magia negra.

—¡Maldición...! —Stephannye mira a la reina chupacabras dando vueltas debajo de ellas-. Si no pensamos algo rápido puede que comience a derrumbar la casa, no podemos poner el riesgo a los civiles que puedan estar adentro...

—¡Steph, Steph! —Alexa llama su atención.

—¿Se te ocurrió algo?

—Solo una cosa; tendremos que usarla, sé que no tenemos mucho control sobre ella, pero nos dará un plus de poder antes su salvajismo.

—Supongo que tienes razón... —La rubia se queda pensando un momento —Está bien. Pero solo la usaran para cargar sus ataques más fuertes mientras yo les doy tiempo.

—Entendido.

Las hermanas Black se ponen espalda con espalda y respiran profundo. Su aura blanca se hace visible y comienzan a cargar sus armas mágicas, pero de repente comienza a emanar aura negra de sus ojos; Alexa lo hace desde su ojo derecho, el ojo de la pupila grisácea rodeada por cuatro pequeños círculos comienza a brillar. Eliza en la misma situación, con su ojo izquierdo idéntico al de su hermana, el cual al emanar magia corre parcialmente su largo flequillo. La magia negra también comienza a cargar sus armas.

—¡Muy bien! —Stephannye baja y hace desaparecer su arma espiritual —Con este tipo de adversario tendré que usar mis manos —Se acomoda los guantes y exclama—: ¡Ven por mí, perro mal formado!

Ante la provocación, la criatura chilla y se lanza por la rubia. En cuestión de segundos llega a su posición pero Stephannye la frena con sus manos.

—Maldición, qué fuerza tiene este maldito, debe ser por la corrupción; pensar que Alexa y Eliza...

«¡RROOOARR!»

El monstruo de un movimiento golpea a la rubia y abre su gran boca dispuesta a tragarse a la chica.

—¡No será tan fácil! —Golpea uno de sus colmillos haciéndola retroceder. La chupacabras sacude su hocico y se lanza otra vez.

—¡Ven por mí! —Stephannye comienza a correr—. Tengo que usar toda mi magia para potenciar mis piernas... si no me alcanzará.

La distancia entre la chica y el monstruo es de cinco metros. La rubia corre doblando en cada intersección pero la bestia no parece cansarse. Los segundos parecen horas. «Me estoy comenzando a cansar, ocupo mucha magia para evitar que me alcance pero tengo que darle tiempo a las chicas ¡No puedo detenerme!». Stephannye comienza a acelerar aún más el paso. Puede sentirlo, el poder de sus amigas está casi a punto de terminar de cargar sus ataques, solo tiene que aguantar un minuto más, puede hacerlo después de todo es Stephannye Kings y no puede fallarle a su apellido por culpa de una simple bestia.

—¡Steph!

—¡Ya están listos! —Dobla en la intersección y corre directo a sus amigas que están frente a ella.

—Hazte a un lado —Eliza deja ver su ojo derecho.

—Nosotras nos encargamos.

—¡Sí! —Salta al costado.

El monstruo no frena su corrida, cambiando de objetivo.

—Esto te acabará... *¡Pater spiritum!*

—*¡Mom spiritus!*

De los cañones de las pistolas de las hermanas Black salen un par de rayos mitad blanco y mitad negro, hacen que el aire silbe, tan rápidos que un parpadeo llegan a la reina chupacabras, explotan al contacto dejando un cráter en el suelo y haciendo temblar la tierra. El polverío se disipa y el cadáver sin cabeza de la criatura yace en medio del cráter.

—¡Funcionó! —Se alegra la rubia.

—Cargamos los ataques lo suficiente como para matar a nuestro enemigo pero no tanto como para destruir el lugar –Eliza, como siempre, da los datos técnicos.

—Ahora hay que ir por la bruja... aunque gastamos mucha magia...

Cuarta parte

—¿Acaba de revivir a esa cosa...? —Edd se para de golpe.

—¿Siquiera es eso posible?

—Lo mucho que nos costó vencerla... —Se

lamenta Michel.

—¡Vaya! ¿Qué tenemos aquí? —De repente la bruja aparece detrás de los chicos.

—¿Pero qué...? —Oliver voltea rápido pero en un parpadeo la chica se acerca a él. La oscuridad debajo de su capucha solo deja ver un par de ojos rojos y una sonrisa macabra.

—Me pidieron que te matara. —Rápidamente le golpea el estómago dejándolo sin aire y mandándolo a volar.

—¡Oliver! —Edd y Michel corren al auxilio de su amigo.

—¿Estás bien?

—Más o menos...

—Chicos tengan cuidado... —Fenrir con su pelaje crespo se pone alerta-. Esta persona huele raro, su olor es de maldad y tristeza a la vez.

—¿Tristeza?

—Sí, pero es raro, eso puedo percibir.

—¿Qué haremos? No me quedan energías... —Pregunta Edd.

—No tenemos otra opción que enfrentarla hasta que lleguen las chicas... —Oliver se pone de pie y comienza a potenciar su cuerpo.

—¡Rayos! —Edd hace lo mismo—. Mis brazos no dejan de temblar.

—Intentaré que el poder del bastón se cargue pero no sé si lo lograré tan rápido...

—Fenrir...

—¡Cuenten conmigo! ¡Bouf!

—Está bien... ¡Vamos!

Corren en dirección a la encapuchada.

—¿En serio creen que pueden contra mí? ¡Ja,

ja, ja, ja!

Oliver, Edd y Fenrir rápidamente llegan a la posición de la chica y comienzan a lanzar golpes o mordiscos que ella esquiva fácilmente.

—¿Esto es todo lo que pueden hacer? ¡Qué patéticos! —Como si estuviese bailando, esquiva los ataques y de un golpe manda a volar a sus tres atacantes, diciendo—: Me siento subestimada con esta misión: ¿matar a gente tan débil? ¡Esto es una burla a mi persona!

—¡Ya, cállate! —Michel aparece por los aires lanzando un ataque cargado del bastón que porta, lo que vuelve a provocar una explosión y a dejar un cráter en el suelo, pero...

—¿Se supone que eso debía matarme?

—¿Pero qué? —Michel está en el aire y la bruja sostiene el bastón.

—Debiste haberlo cargado más... —Acerca al moreno y lo manda a volar—. ¡Son todos unos inútiles debiluchos! ¡No son rivales para mí!

—¿Y qué tal yo? —Stephannye aparece de la nada cargando su hacha. «¡Maldición! Ya no tengo fuerzas, parece que las chicas llegaron, qué bien».

—*¿Ya te estás muriendo otra vez?*

El tiempo parece detenerse, el polvo que caía se acaba de congelar en el aire.

—*Hola, Oliver.*

El "otro yo" de Oliver se hace presente. Sus ojos carmesí rodeado por la oscuridad se fijan en el castaño.

—¿Qué quieres?

—*Ayudarte... y burlarme de ti, obviamente.*

—¿Crees que no sé lo que hiciste la otra vez?

—Oliver aun intenta levantarse.

—*Lo siento, me deje llevar. Pero ahora es diferente, si tú mueres yo también y todavía no me gustaría morir.*

—Eres un interesado. —Oliver queda en silencio por unos segundos —No necesito tu ayuda, las chicas llegaron y mi regeneración se encargará del resto...

—*¡Santo cielo, sí que eres cabeza hueca!*

—¿A qué te refieres?

—*Solo concéntrate un poco: el poder mágico de las chicas está a la mitad y ni siquiera puedes manejar tu regeneración a voluntad ¿Qué te hace creer que funcionará ahora que estás cansado?*

—Maldito, supongo que tienes razón pero ni aun así te necesito...

—*Cielos, solo piensa un poco: hace unos minutos parecía que iban parejas las tres contra la bruja, pero ahora están a la mitad de su capacidad. Y adivina quién no lo está.*

—La bruja...

—*¡Exacto! Bien, ya sabes si me necesitas.*

—¡Está bien! Pero lo haremos a mi modo...

—*¿Uh?*

—Me prestarás tu poder...

—*No estás acostumbrado a él... sería mejor que yo me encargara...*

—¿Y dejar que empieces a causar pegas? No. Me prestarás tu poder...

—*Supongo que no queda otra...*

—¡Toma esto! —Stephannye ataca, pero la bruja la esquiva.

—¡Vaya! Pero si eres más lenta que antes y ustedes también —Esquiva los balazos de las hermanas Black.

—Tu mascota nos dio algo de trabajo...

—¡Jajaja! ¿Y ahora cómo me harán frente?

—¡Solo mira! —La rubia vuelve a lanzar ataques que son esquivados y por las hermanas Black disparan intentado dar en los puntos vitales de su adversario, pero les cuesta siquiera acertar uno de sus disparos, pues al gastar su poder contra la reina chupacabras, su puntería bajó de nivel.

—Yo me había preocupado por enfrentarme a ustedes... —La bruja rápidamente hace aparecer una esfera de oscuridad y la detona en el suelo.

—¡Ahh! —Stephannye sale volando. La lluvia de esferas negras explosivas se vuelve a hacer presente y el suelo se llena de cráteres, las chicas están tumbadas en el suelo, ya no tienen fuerzas.

—Supongo que hasta aquí llegaste... —La bruja carga un ataque gigante hacia Stephannye —. Adiós, pequeña rubia.

La esfera negra viaja a velocidad del sonido y la tierra por donde pasa se convierte en polvo, la gravedad que contiene hace que pequeñas piedras se vuelvan ceniza. Stephannye intenta moverse pero sus músculos no responden. «¡Maldición! ¡No puedo morir aquí pero tampoco puedo moverme! ¿Este será mi fin?» El ataque está a centímetros de colisionar con la chica, sus cabellos comienzan a reaccionar a la gravedad, ella cierra los ojos y....

—¿Estás bien?

Frente a Stephannye está la figura de un chico con el cabello café pero gris en la puntas, su ojo derecho es de un color carmesí y sin pupila. Sus cejas y pestañas derechas crecieron. Su rostro es inexpresivo como el de Eliza y su cuerpo está rodeado con una densa capa de aire que cumple la función de escudo.

—Oliver... —Stephannye queda impactada, es como ver a un héroe frente a ella.

—Ve con los demás —Manda el ataque al cielo donde explota.

—¡Mira nada más! ¡Qué grata sorpresa!

—Tengo que pedirte que vayas, sino tendré que matarte.

—¿Eh? ¡Ja! ¡Que no se te suba a la cabeza!

Pega un salto cargando su puño derecho y ataca directo a la cara de Oliver, pero este detiene el ataque con una mano.

—Entonces así será...

El muchacho golpea el pecho de la bruja y aunque ella logra cubrirse, sale volando un par de metros.

—¡Maldito híbrido! ¡Criaquas!

Decenas de esferas se disparan hacia Oliver. «Ahora mi cuerpo es más flexible» Como bailarín, con sus extremidades potenciadas golpea a los ataques haciéndolos explotar.

—¡Desgraciado! —La bruja invoca su arma espiritual y se mete al humo de las explosiones—. ¡Toma esto!

Frenética, lanza latigazos mientras detona a las esferas oscuras. Oliver se dedica a esquivar los ataques recibiendo un par de rasguños.

—No te quieras lucir mucho, no estás acostumbrado a este poder. Podrías colapsar en cualquier momento.

—¡Lo sé! —Viendo una apertura, golpea el estómago de la bruja haciéndola escupir sangre.

—¡Maldito!

Enrolla el brazo de Oliver y lo lanza a un lado. Rápidamente, el muchacho toma el látigo y jala de él haciendo que la bruja vuele directo a su posición.

—¡Me toca! —Atraviesa el estómago de su adversaria con una navaja hecha de aire.

—¡Bleeh! —Escupe mucha sangre —¿Eso es materialización de aire avanzada?

En un movimiento de desesperación la bruja suelta el látigo y salta hacia un tejado.

—¡Desgraciado! ¡Criaquas!

—¿Otra vez eso?

Oliver salta hacia la bruja y con la presión del viento devuelve sus ataques haciendo que exploten en ella.

—Te pedí que fueras por las buenas, aho...

De repente, el cuerpo de Oliver se congela y comienza a doler intensamente.

—*¡Te lo dije, idiota!*

Sin control de su cuerpo, el muchacho que ha vuelto a la normalidad cae del tejado pero es atrapado por Michel y Edd.

—¡Nos volveremos a ver, maldito híbrido! —Viendo la oportunidad la bruja desaparece.

—¡Oliver! ¿Estás bien?

—¡Eso fue increíble! ¿Cómo lo hiciste?

—Hice un trato momentáneo con mi otro yo pero ahora no puedo ni moverme, hasta respirar me duele...

Edd y Michel ayudan a pararse y a caminar a Oliver.

—¿Qué pasó aquí? —Pregunta Eliza al llegar

junto a Alexa y Stephannye.

—¡Ara, ara! ¿Y la bruja?

—Exacto ¿Y nuestro enemigo?

—¡Oliver la atravesó y la hizo huir! —Responde Edd.

—Mi otro yo me ayudó...

—Ya veo... —Alexa se acerca a Oliver y comienza a sanarlo con magia—. Steph, Eli, ¿Y si van reparando los daños al vecindario mientras sano a Oli?

—Entendido.

Eliza rápidamente comienza a reparar los cráteres del suelo; tiene pocas reservas de magia, pero serán suficientes para una tarea simple.

—¿Steph? —Alexa llama la atención de la rubia que está perdida en sus pensamientos.

—¡Sí! ¡Ya voy! —Se va corriendo pero voltea un segundo para volver a ver a Oliver.

—¿Qué le pasa? —Cuestiona Michel.

—Su olor está cambiando...

—¿Fenrir? ¿De dónde saliste?

—¡Muchas gracias por su servicio! —Sandra, la presidenta del centro vecinal, estrecha la mano de Stephennye.

—¡No hay nada que agradecer! ¡Es nuestro deber como magos!

—Tome —Michel le quiere devolver el bastón a Erika.

—Puedes quedártelo, lo necesitarás.

—Pero es un recuerdo de su juventud...

—Lo es. Pero conmigo solo es un objeto de

decoración, contigo volverá a su antigua gloria.

—Muchas gracias, prometo que le pagaré.

—Págamelo viniendo a visitar a esta vieja de vez en cuando.

—¡Así será! —Michel suelta una sonrisa.

—¡Nos vamos! —Grita Alexa.

El resto de los chicos termina de despedirse y se va. Stephannye se mantiene calla y pensativa, no puede sacar de su cabeza esa escena... «¿Estás bien?»

—¡Maldición! —Sangrando y apoyándose en las paredes, la bruja ingresa a la sala.

—Así que fracasaste...

—No es mi culpa, no estoy al cien por ciento.

—Eso te pasa por no poseer rápidamente a la niña.

—Lo sé...

—Ve a que te sanen y luego descansa.

—Sí señor... —Sale del lugar.

—Así que el niño está desarrollando sus poderes kinéticos...

CAPÍTULO CINCO

Primera parte

—¡Salud! —Alexa con una lata de cerveza festeja la victoria en su misión.

—¿Por qué solo tú y Eliza pueden tomar alcohol? —Pregunta Michel.

—Porque somos mayores de edad —Responde Eliza y da un sorbo a su bebida.

—Ara, pero no es necesario el alcohol para celebrar, Mich.

—Lo dices mientras tomas una lata de cerveza...

—Hey, Michel... —Oliver, junto al moreno, llama su atención.

—¿Qué pasa?

—¿No crees que Stephannye está actuando raro? —Le susurra.

—¿Raro? —Mira de reojo a la rubia que esta callada y pensativa —Tienes razón, normalmente estaría quejándose y echándonos. Déjame intentar algo: ¡hey, oxigenada!

—¿Sí? —Pegando un pequeño salto mira al moreno.

—Definitivamente le pasa algo...

—¿Ara? —Alexa rápidamente se da cuenta y se tira sobre Stephannye —¡Steph! No seas tan obvia... —Le susurra.

—¿Obvia? —Pregunta la rubia, siguiendo el tono de susurro.

—¡Estás hecha un tomate!

—¿Eh? —Golpea sus mejillas.

—¡Como sea! —Alexa se levanta —¡Hora de jugar algo! —Se va para un mueble con cajones y saca una caja.

—¿Y eso?

—¿Juego de mesa?

—¿Magipolio?

—No, eso es...

—¡Twister! ¡No, no, no puedo jugar eso! —La rubia comienza a negar con las manos.

—¿Ara? ¿Por qué? ¡Nos divertiremos!

—Por mi está bien.

—Concuerdo.

—Me da igual.

—¡Juguemos!

—¡Ganamos por votación! —Alexa mira a Stephannye con cara maliciosa.

—Cielos...

—¡Muy bien! La primera pareja será... —La pelinegra comienza a poner los nombres en una aplicación para sortear en su celular -¡Steph y Oli!

—¿Weeh? —La rubia se pone aún más colorada.

—Sin quejas, vamos, vamos —Alexa la empuja a la lámina que Eliza terminó de poner.

—¡Qué comience el juego! —La mayor de las Black hace girar la ruleta y comienza a dictar.

Pie izquierdo en rojo, mano izquierda en verde, pie derecho en azul entre órdenes y órdenes Oliver y Stephannye quedan en una posición muy vergonzosa, la rubia esta sobre el castaño, sus pechos chocan, sus respiración se cruzan.

—No puedo más con esto... —Stephannye suda en seco, su corazón late a mil por hora —Estoy muy cerca de él... «Mis pechos... se están frotando contra su cuerpo, qué incómodo, mi mano está muy cerca de la suya, no dejo de sudar, me da vueltas la cabeza, voy a caer en cualquier momento»

—¡Siguiente orden!

—¡No puedo más! —La rubia pega un salto y sale corriendo del lugar.

—¿Stephannye...?

—¿Y a ésa qué le pasa?

—Ni idea.

—¿Ara? ¡Oli! —Alexa apoya su mano sobre el hombro del muchacho.

—¡Sí!

—¡Ve por ella!

—Yo...

—¡Sí! ¡Ahora, ve! —Lo empuja por la puerta por dónde salió Stephannye hace instantes.

Oliver comienza a caminar por la mansión, primero fue a su habitación, es lo más obvio, pero no estaba ahí. Sigue buscando por todos lados hasta que llega a la cocina. La puerta del refrigerador está abierta.

—Aquí estás...

—¡Jiiih! —Stephannye lentamente cierra la puerta y se deja ver, lleva un vaso von jugo de naranja.

—Oliver...

—¿Estás bien? Saliste corriendo de la nada.

—Sí, solo que me incomodó el juego...

—Fue eso, te entiendo, yo también estaba muy nervioso, jeje —Oliver desvía la mira, se rasca la cabeza disimulando el rubor de sus mejillas.

—Como sea, me voy a mi habitación...

—¡Espera! —La toma del brazo—. Sé que te incomoda tenerme cerca pero déjame decirte que... que si alguna vez necesitas algo ¡Cuenta conmigo!

Stephannye siente como si su corazón

recibiera un flechazo, hace mucho que no recibía estas palabras por parte de un hombre. «Cielos... maldito híbrido romántico». Suelta una sonrisa.

—Gracias...

—¡De nada! —Oliver suelta la mano de la chica para poner la suya en su pecho sintiéndose un héroe.

—Pero...

—¿Eh? —Oliver cambia su posición de héroe a la de un gato asustado.

—Hiciste que manchara mi ropa con jugo... —Lentamente, con cara de demonio Stephannye se voltea mientras su hacha aparece.

—¡Fue sin querer! ¡No te enojes...! Señorita Stephannye...

—¡Calla, híbrido insolente!

—¡Waaahhh!

Segunda parte

Oliver ya está de regreso a su casa, acaba de volver después de recibir una paliza por parte de Stephannye.

—Cielos, uno intenta ser romántico... —Se acaricia la cabeza donde tiene un hematoma, a la vez que camina hacia su casa.

¡CRASH!

La puerta se estampa en su cara y detrás de ella aparece Jonathan con una mochila.

—Dolió... ¡Hey, ten más cuidado! Ahora puedo usar magia, te podría dar una paliza.

—Cállate, enano engreído —El tono de la voz de Jonathan parece más hostil que lo habitual.

—¡Hijo, no actúes así! —Linda, la madre de los hermanos Brown sale detrás del mayor.

—¿No? Pues me voy.

—No le hagas caso a tu padre...

—Ya tomé la decisión y sabes lo determinado que soy.

—¿Qué está pasando aquí? —Oliver se pone de pie.

—Tu padre y Jonathan tuvieron una discusión porque...

—No hay necesidad de que sepa lo que pasó —Jonathan se voltea y señala a Oliver con la mirada.

—¿Eh?¿Por qué? ¡Ya soy grande, ya soy un mago!

—¿Qué ya eres grande? ¿Qué eres mago? Que no se te suba a la cabeza. Seguro eres tan estúpido que no te diste cuenta de que en la manga izquierda de tu traje mágico hay un símbolo extra.

—¿Y qué si había un símbolo extra?

—¿Qué, qué hay? Es el símbolo de nuestra familia, lo que nos identifica frente a otras familias de mágicos, todos nosotros honramos ese símbolo salvando al mundo en varias ocasiones ¿Ves que nos agrandemos por eso?

—¡Tu siempre actúas como un patán!

—¿Sabes? Todo era una actuación para que tú y Ada no se vean involucrados en este mundo mágico, pero ya que por tu torpeza te metiste a la fuerza, actuaré como soy realmente... —Jonathan mira a Oliver directo a sus ojos, penetrando hasta lo más profundo de su ser —. Eres una vergüenza para la familia, no destacas en nada pero aun así te crees mucho cuando no eres más que una molestia para todos ¡Me das asco!

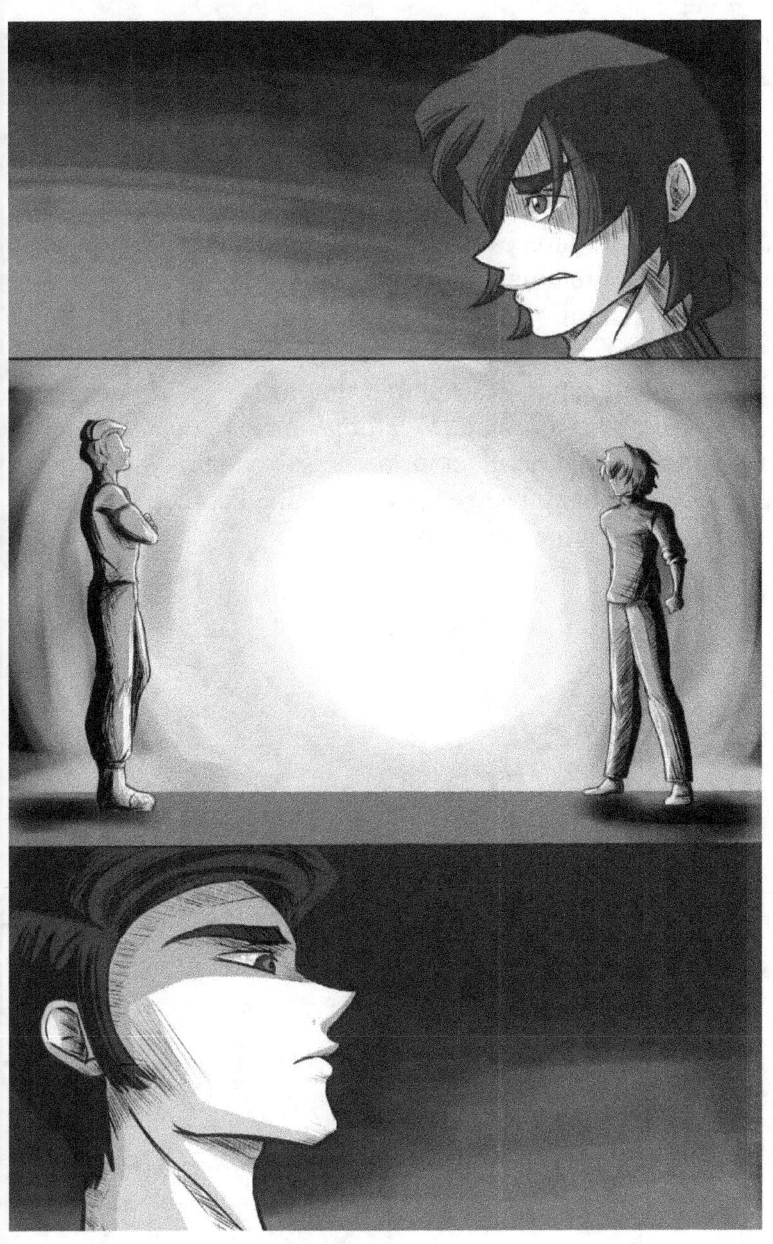

El lugar queda en silencio, Jonathan deja de ejercer presión sobre Oliver con la mirada y se va. El mejor cae al sueño y se toca el pecho, su corazón late tan rápido que parece que saldrá de su cuerpo, no puede dejar de temblar.

—Tranquilo, es la técnica ocular de tu hermano, los efectos pasarán en unos minutos —Linda le ayuda a pararse y entrar al hogar.

Oliver no dice nada y camina con la ayuda de su madre hacia su habitación, pero esas palabras no dejan de retumbar en su cabeza «Eres una vergüenza para la familia... me das asco...»

Tercera parte
En otro lugar

—Muy bien, hija mía, ya sabes que hacer, y más te vale no arruinarlo sino recibirás el peor castigo que te haya dado en tu vida.

—S-si... padre...

ACERCA DEL AUTOR

¡Hola! ¿Cómo estás? ¿Te gustó el volumen? ¡Espero que si! jeje. No tengo mucho que decir la verdad, es mi primera novela publicada y la primera de esta saga que tengo mucha ilusión de crear. Espero haya sido de tu agrado y que te haya dejado ganas de seguir leyendo. Y nada más, espero nos volvamos a leer.